講談社文庫

ウィズ ユー
with you

濱野京子

JN051463

講談社

等間隔にならぶ白い街灯をひとつひとつやりすごしながら、悠人は、人気ない道を走る。閑静な住宅街の夜九時。ときおり、帰宅途中の会社員らしき人とすれちがうこともあるが、ジャージー姿で走る悠人が、見とがめられることはない。

怒りともいらだちともつかないふつふつとわく感情をもてあまして、とびだすように家を出てきた。特別に何があったというわけではない。ただ、家にいたくない、と思ってしまう。いつからだろう、そんなふうに感じるようになったのは。

走ることだ。走れば、まとわりつく不快感も霧消する。忘れられる、このときだけは……。

理性が、走りまわっている場合か、と告げる。それに抗うように、悠人はいつものランニングコースからはずれて先に進む。

アスファルトの地面をける自分の足音だけがきこえる。前方に見えてきた信号が黄色にかわる。あの先はもう、悠人の通う中学の学区ではない。信号をすぎるとすぐに、うっそうとした黒い樹木が目に入る。坂和公園だ。とりたてて特徴のある公園で

はないが、家の近くにある公園よりも広い。幼いころ、兄につれられて何度か来たこ
とがあったが、あのころはちょっとした遠征気分だった。

ブランコとすべり台、砂場などが配置された昔ながらのありふれた公園。この時刻
におとずれる酔狂な輩もめったにいないだろう。路上生活者が暮らしていたことがあ
ったが、いつしかいなくなったというのは、だれにきいた話だったろうか。しずまり
かえった夜の公園は、少し不気味でよそよそしい。かつておとずれたころの記憶はす
でにうすれているが、昼に見れば、まったくちがう貌をしているにちがいない。

速度をいく分落とし、うかがうように首をひねって公園内に目をむける。人の姿な
どあろうはずもなかった、だが……。

通りすぎたあとで、何か違和感があって悠人は足をとめた。そしてゆっくりと踵を
返し、再度、入り口にむかい、数歩敷地内へと歩を進める。

見まちがいではなかった。ブランコにぽつんと座っている人がいたのだ。悠人の眉
が寄った。それが、おそらくは自分と同年代といってよさそうな少女だったからだ。

少女は、ただ座っている。ブランコのチェーンは、まったく動いていなかった。

悠人は、関係ねえよ、とつぶやき、また走りだす。

家の前まで走り、荒い息をはきながら、ふと空を見上げる。満天の、とはいいがた

つたな……。

ふと、先ほど公園にいた少女のことが、頭にうかんだ。──あの子、上着を着てなかったな……。

深まってきたこの時期、夜九時過ぎともなれば、空気はひんやりと冷たい。そのとき

いが、群青の空に星がまたたいていた。走ったばかりの身体はほてっているが、秋も

1

柏木悠人の家は、市の西部にある古い団地だった。

3DKの居室は和室ばかりで、いちばんせまく日当たりの悪い四畳半が悠人の部屋だ。兄の直人の部屋は、悠人の部屋よりも広く、日当たりもよかった。

築四十年以上の五階建ての建物には、エレベーターがなく、悠人は階段を一気にかけあがった。

ドアを開いて中に入ると、ダイニングキッチンで、母の陽子がスマホを見ていた。

「ただいま」

低い声で告げると、母はわずかに顔を上げ、ああ、とため息とも返答ともつかぬ声を発した。そのまま部屋にむかうと、背中の後ろで、

「早く、お風呂に入りなさい」

という声がした。

両親の部屋は、ダイニングとふすまでつながっている床の間つきの六畳間だが、母は、寝るとき以外はたいていダイニングにいて、新聞や雑誌を読んだり、テレビを見

たり、さもなければスマホをいじったりしている。

直人は、部屋にこもって勉強をしているようだ。二歳上の兄は、トップレベルの県立高校に進学して、そこでも上位の成績を保っていた。

そしてもうひとりの家族である父とは、半年以上顔をあわせていない。

十月も中旬に入ったある晩の夕食後、ジャージー姿の悠人がダイニングに行くと、母はキッチンであと片づけをしていた。

「また走るの？」

と問われて、背中をむけたまま答える。

「受験は、体力だろ」

母の態度には、受験生にもかかわらず出かける悠人を、とがめる雰囲気さえない。

悠人は、週に二度、学習塾に通っていた。高校受験をひかえている今、同級生のあいだでも塾通いはあたりまえで、週三日はむしろ少ない方だ。塾のない平日は、会話の少ない夕食のあと、午後九時前後から、走るために外へ出る。それが、部活を引退した二学期以降の夜の過ごし方だった。

玄関の扉がガタンと音を立てて閉まる。とりたてて乱暴に閉めたつもりはなかった

が、思いのほか、大きな音になってしまい、それはそのまま、悠人のいらだちをあらわすかのようだった。

受験が体力だなんて、言い訳だ。ただ、家にいたくなかっただけなのだから。走って走って、もやもやした思いをおさめる。

遠くに信号が見えたとき、ふと、数日前に、坂和公園で少女を見かけたことを思いだした。まさか、今日はいないだろうと思ったが、妙に気になって、悠人は公園まで足をのばした。

公園は、すべてのものが眠りにおちたかのようにしずかだった。生きものの気配も感じない。一見したところ、だれもいないようだった。そのことにほっとしながらも、ほんの少しだけがっかりした。

車止めのポールをまたぎこして、敷地に入る。その気配を感じとったとでもいうように、微風が木の葉をゆらす。悠人は、ゆっくりと視線を周囲にめぐらした。

ブランコに目を転じたとき、思わず息をのんだ。このあいだの少女だ。あのときと同様に、うつむき加減でブランコに座っている。まるで、息をひそめて存在をさとられまいとするかのように、チェーンは微動だにしない。時間がとまって、世界がかたまってしまったみたいだ、と悠人は思った。

悠人は、その少女に近づく。砂まじりの公園の地面が、ジャリッ、ジャリッと音を立てたが、少女が顔を上げることはなかった。ブランコの柵の外から、悠人は思いきって声をかけた。

「何、してんの？」

返事はなかった。けれど、少女はかすかに顔を上げた。顔色は青白く、精気が感じられなかった。あるいはそれは、ブランコのそばに立つ街灯の、白い光のせいだったのかもしれない。

素行不良というタイプでないことは、一目でわかった。むしろ、きまじめそうな様子にさえ思えた。だからこそ、いったい何をしているのだろう、という疑問が消えない。

「こんな時間に、ぶっそうだよ」

すると、少女は緩慢な動作で立ちあがった。

「帰らなきゃ」

かさかさにかわいたようなかすれた言葉。暗く沈んだ顔。ショートヘアのすらっとした体躯に、えんじ色のジャージーに、靴は足取りはしっかりしていた。けれど、なんとさびし

げな背中だろう。

　ほうっておいてだいじょうぶだろうか。いや、しょせん他人じゃないか。自分の知ったことではない。と、一度はそう思ったが、重い足取りでとぼとぼと歩いていくのを見て、つい、後ろから、

「送るよ」

と声をかけると、小走りに近づいていく。相手から言葉はかえってこなかった。が、拒絶もされなかったので、悠人はだまって少女の隣を歩いた。

「中学生？」

　相手が小さくうなずいたので、このあたりの学区にある中学の名をあげて、

「坂和中？」

ときくと、少女はまたうなずく。

「おれは、緑中」

　そう告げたがなんの反応もないので、悠人はしかたなく言葉をつぐ。

「このあいだも見かけたけど、何してたの？　だれもいない公園で。女の子がひとり、あぶないよ」

「⋯⋯散歩」

の他人だ。

それからは、だまったまま歩いた。よほどいやなことでもあったのだろうか。でも、この前も見かけたのだから、突発的なことではないのかもしれない。すぐに、いじめという言葉がうかぶ。とはいえ、事情をきく気はない。相手は名前も知らない赤

少女がふと顔を上げて天をあおぐ。つられるように、空を見た悠人がつぶやく。

「カシオペア座だ」

上空を風が流れているのか、星々がゆらめいて見えた。

「星が、うたっているみたい」

ぽつりと少女がいった。そして、足をとめて悠人を見る。はじめて目があった。くっきりとした、少しだけつりあがり気味の目。もしかしたらさっき泣いていたのかもしれないと思ったが、涙のあとはない。むしろ目には強い光が宿っていた。

「もう、着いちゃった」

そこは、坂和公園から五分程度の場所だった。

「きみの、家？」

こっくりと首を縦にふった少女が指さす。その先には、瀟洒（しょうしゃ）なマンションが立っていた。数年前にできたとき、おしゃれな外観がちょっと話題になった坂和ヒルズだ。

少女は、軽く頭を下げてから悠人に背をむけて建物にむかう。カードキーでオートロックを解除して建物の中に入っていくのを見送った悠人は、チッと舌打ちした。思いつめたような顔をしていたくせに、こんなりっぱなマンションに住む金持ちの子だったとは。同じ集合住宅でも、悠人の暮らす古い団地とは、なんというちがいだろう。

「関係ねえし」

無駄な寄り道をした。たぶん、あの子にとっては余計なお世話だったのだろう。ブランコに座ったまま身じろぎもしない姿を見たとき、一瞬、この子は死にたいんじゃないだろうか、などと考えてしまった。そんな自分の想像がうらめしい。

「坂和ヒルズの住人だってよ」

そうひとりごちて、つま先で地面をける。目の前にそびえるマンションの、どっしりとした構えと豪華なエントランス。自分には縁のない世界が、傲然と悠人を見下ろしていた。

次の日は、塾のある日だった。

「柏木、東高なんだって？　一高じゃなかったんだ」

塾が終わったあとで、そう声をかけてきたのは、大久保博貴。学校はべつだが、四

月からの塾友だ。ふたりとも陸上部で、地区大会などで顔見知りだったこともあって親しくなった。

「あ、うん。無理したくねえし」

「じゃあ、高校で、いっしょに陸上やろうぜ」

「大久保も、東高？」

「おれはまあ、相応だよ。坂和から一高に行くのなんて、数人だし」

博貴は快活に笑った。

「それは、うちだって同じっていうか、そうか、大久保、坂和中だもんな」

坂和中と自分で口にしたとき、公園で会った少女のことが脳裏をかすめる。

「今さら何いってんだよ」

「あのさ。坂和公園ってあるよな。あそこって、なんかぶっそうなこととか、ねえかな？」

「ぶっそうって？」

「不良のたまり場になってるとか」

「それは、ねえよ。近くに、コンビニとかもないだろ。前にホームレスが住んでたら

「おれはまあ、相応だよ。坂和から一高に行くのなんて、数人だし」

坂和中と自分で口にしたとき、公園で会った少女のことが脳裏をかすめる。

しいけど、いつの間にか見かけなくなったってきいた。けど、なんで?」

「いや、ちょっとあのあたり、ランニングしてるから」

「まだ走ってる? 余裕だなあ」

悠人は相手の言葉を軽くいなして、べつのことをきく。

「じゃあ、カップルが、ベンチでいちゃついてるとか」

「なんだよ、それ」

と、眉を寄せた博貴だが、すぐににやっと笑って、言葉をつぐ。

「夏はわかんねえけどな。この時期、もう寒いだろ。のぞこうったって無理だよ」

「ばーか。そんな気ねえよ」

悠人は、わざとらしく博貴のみぞおちをこづく。相手もわざとらしくよろけた。

さほど危険なことはないのかもしれない。しかしやはり、中学生の女子がひとりで

あんな場所にいるなんて。昨日は、金持ちの子だったのかと反発を覚えた悠人だった

が、ならばいっそう、なぜ? という思いがぬぐえなかった。

2

塾から帰ると、母がいなかった。時刻は十時をまわっている。塾弁の弁当箱をシンクにおいて水につけていると、兄の直人が部屋から出てきた。直人はちらっと悠人を見てから、無言のまま冷蔵庫を開ける。

「母さんは？」

ときくと、直人は背中をむけたまま答えた。

「さっき、出てった。コンビニにでも行ったんじゃねえの」

直人は、冷蔵庫からウーロン茶をとりだしてコップに注ぐと、すぐに部屋にもどっていった。

最近、兄と話すことがめっきり少なくなってしまった。前はもっといろいろしゃべったし、ときにはけんかもした。悠人が中学に入学したころから、徐々に話すことが減ってはいたが、それでも話しづらい相手ではなかった。かわったのは、あのときからだ。

直人は、学力はいうにおよばず、スポーツも音楽もそつなくこなす。部活は中学、

高校と卓球部で、中三のときは、地区大会でベスト8に残った。見た目も、親戚でいちばん美人といわれる母親似で、悠人よりも整った顔立ちをしている。親戚の者たちは、直人を見て、親のいいとこ取りだ、という。それに対して、弟の方は、悪くはないが万事そこそこ、というところのようだ。

もっとも、悠人にとっても、直人は自慢の兄だったから、周囲のあつかいの差にいちいち傷ついてきたわけではない。前を歩く兄は特別な存在で、それがあたりまえだった。

親の愛は、どうだったのだろう。直人がほめられるたびに見る母のうれしそうな顔。母にとって直人は、何よりもほこらしい息子だった。それもまた、とりたてて不満に感じることではなかった。

あれは、一月半ほど前の、二学期が始まって少したったころだ。夕食のときに、母が、

「悠人も、直人と同じ高校、行くのよね」

と、それが当然のことであるかのような口ぶりでいった。同じ高校とは県下トップの県立第一高校を指す。模試の成績は合格ぎりぎりのラインだが、がんばればこえられない壁ではなかった。

悠人は、ちらっと兄を見てから、ぼそっといった。

「おれは、東高でいいかな。近いし」

一瞬、場がかたまったようだった。

「そうなの？」

母を見ると、眉が寄っており、悠人は少し身構える。己のふがいない選択を、とがめられるにちがいない、と。それであわてて、いわずもがなのことを口にする。

「なんとか一高に合格できたとしても、勉強に追われそうだし」

しばしの沈黙のあとで、母がいった。

「そう。じゃあ、そうしなさい」

あっさりとした口調だった。拍子ぬけするほどに。もっとがんばれと、兄を見習えといわれるかと思っていた。むしろ、しつこく糾弾したのは、直人だった。

「なんで一高目指さないんだよ」

兄はそうなじった。

「おれは、直人みたく、出来がよくねえし」

二つ年上の兄を、悠人は直人と呼び捨てにし、直人もそれを受けいれていた。兄ちゃんなんて呼んだことがない。それが幼いときからの習慣だった。

「努力が足りねえんだよ」

　努力できるのも才能だ、などといっても、出来のいい兄には通じないだろうと思い、悠人はだまりこむ。

　出来がよくしっかりした兄が自慢だったことが、かわったのはいつからだろう。ライバル心をおこしたわけではなかった。もてる者ともたざる者がある。そんなことはあたりまえで、世の中は不公平なものだ。けれど、たったふたりの兄弟で、すべてをかねそなえた兄と、凡庸な弟に分かたれてしまうのは、もたざる側としてはやはりつらい。思えば、幼稚園から中学にいたるまで、教師のあいだで、悠人はつねに、優秀である前に「あの直人」の弟だったのだ。

「陸上、続けたいから」

「陸上なら一高でもやれるじゃないか」

「おれがどこに行くかはおれが決める」

　悠人は、兄との会話を打ちきった。

　その後も、しばらく直人は、むしかえした。

「おまえはずるい。やれることをやろうとしない。ひきょうだ」

とまでいった。そして、兄弟から会話が消えた。

夏まで続けた陸上部を引退したあとも、悠人は走ることを続けている。それについて、母はとがめだてすることもない。

東高を受験するといったとき、もっと落胆されるかと思った。だが、母は、がっかりなどしてはいない。それがなぜだか、今は十分わかっている。母は、はなから悠人に期待などかけていなかったのだ。

一高に行きなさいと、合格するようにしっかり勉強しろと、母に叱咤されたかったのだろうか。悠人は首を横にふる。

母が自分にはなんの期待もしていないのだということに思いいたったとき、母の愛も熱意もまた、兄が独占していたことに気づかされた。いや、ほんとうはそんなことはとうにわかっていたはずだ。ただ、それまでは自分があえて意識から遠ざけていたことに、直面せざるを得なくなっただけだ。思えばいつも、この家は、直人を中心にまわっていた。幼いときから、すべては直人が一番なのだ。休みの日に出かける場所、家族で見に行く映画、食卓にならぶ好物。弟なのだからしかたがないと思っても、悠人が直人のお古を着ることはしょっちゅうだが、その逆はなかった。だから、悠人は長いあいだ、自分の希望を兄の希望に同化させようとしてきた。兄が好きなアイドルを好きになり、兄が興味をもつスポーツに興味をもつ。そして、およばずなが

らも兄を追いかける弟を演じる。そうしていれば、だれよりも兄を味方にすることが

できたし、表だって傷つかずにすんだ。

中学進学時、部活で陸上部を選んだのは、最初の反逆だったのだろうか。小学生の

うちは、おれも卓球部に入る、といっていたのに。──なんだよ、悠人。おれ、弟が

入るっていっちゃったじゃないか。

あのころはまだ、そういわれたことに、後ろめたさがあった。

でも、ほんとうは、自分が幼いときから傷ついていたことを、みとめるしかない今

はちがう。

悠人がランニングに出ようとすると、ときには母も、

「勉強はだいじょうぶなの?」

などということもある。しかしそれは、ひどくおざなりな言葉のように感じられた。

現に、悠人が、

「体力、基本だろ」

といえば、母はそれ以上何もいわなかった。気をつけるのよ、とさえ。

施錠をとく音がして、すぐにドアが開く。母がもどってきたようだ。ぼんやりと椅

子に座っていた悠人を、母はちらっと見てかすかに眉を寄せる。いきなり、そんな顔

　家を出た。

　をむけることともないのに、いくら期待はずれの息子だとしても、などと内心では悪態をつきながら、悠人はだまって立ちあがり、部屋にむかおうとした。

「あんた、健一さんに似てきたわね」

　健一とは、悠人の父の名で、母は昔から、子どもの前でも父さんなどと呼ぶことはなかった。父に似てきた？　それが、眉をひそめた理由なのだろうか。つまり、ろくでなしと母がなじる父に似ていると？

　悠人は、何も答えずに自室にもどった。

　父が、この家を出ていってからどれくらいたったろう。今は、ここから三駅ほどはなれた場所にアパートを借りて暮らしている。そこをしょっちゅうおとずれる女性がいることを、母は息子たちに告げてはいないが、悠人も直人も知っていた。

　母は理性的な人で、声を荒らげて子どもたちを叱ったりするようなことはめったにない。父がべつに暮らしたいといったときも、母は冷ややかな口調でいった。

「必要な生活費は、ちゃんと入れてください」

　父は映像プロダクションで働いていた。一見はなやかな仕事に見えるが、大手の下請け会社で、給料はけっして高くはない。その収入の半分を入れると約束して、父は家を出た。

　悠人は、子ども心に、両親の不仲を感じてはいた。けれどやはり、現実と

なった父の不在は、家庭に影を落とす。

母は以前から働いていたが、フルタイムの仕事ではない。週に四日ほど、非常勤公務員として、市役所で働いている。父の送金とあわせても、暮らしは楽ではなかった。

もともと正規の公務員だった母は、直人が生まれたあとも仕事を続けていたが、悠人が生まれる前に、多忙になっていた父の要請で退職した。そしてそのことをずっと後悔していた。それもまた、不仲の遠因なのかもしれない。

窓ガラスに映る自分の顔にむかって、苦々しげにつぶやく。

「べつに似てねえだろ」

父は、悠人の目から見ても、どこか地に足がついてないというのか、ふわふわとわついたところがある人だった。子どもをとくにかわいがるタイプではないが、邪険にすることもない。が、父もまた、子への愛の多くを兄に注いでいたような気がする。

——おまえは、おれのようになるなよ。一高から東大へ行け。

酔っぱらったときに、直人にむかってそう口にした父が、同じ言葉を悠人にむけることはないだろう。

あれこれ思いめぐらしながら、悠人は、自分が存在する意味はどこにあるのだろうか、と考えてしまうことがある。

この家には、自分などいなくてもいいのではないだろうか。息子は、直人だけで十分なのではないだろうか。

悠人は、ベッドにごろりと横たわった。家の中がこんなふうに冷えこんだのは、いつからだろう。父のせいなのか。両親の不仲のせいなのか。あるいはふがいない自分のせいなのか。たしかなのは、兄、直人のせいだとは、だれも考えないことだ。

塾がない日は、母子三人の夕食が終わると、母をダイニングに残して、悠人も直人もすぐに自室にひっこんでしまう。父がいなくなってからは、そんな日が続いていた。

二学期の中間テストが終わった日。

塾のない日だったので、三人で食卓を囲む。だれもが口数は少なかったが、それでもいちばん話すのは直人だ。東高に行くつもりだと告げてからは、直人が言葉をむけるのは、もっぱら母になっている。仕事のことをたずねたり、高校でのことを報告したり、直人なりの気づかいなのかもしれないが、話に入れない悠人は疎外感を覚え

る。

その日も、食後はすぐに自室にひきあげ、塾の課題にむかった。東高なら楽勝だとは思っても、片目をつぶってでも受かるほどではない。一時間ほど勉強してから、悠人はジャージーに着替えると部屋を出た。

「ちょっと走ってくる」

ダイニングにいた母にそう告げると、外にとびだす。

外廊下に出たとたん、ひんやりとした秋の空気が、頬にあたる。思わず身をぶるっとふるわせてから、階段をかけおりた。

食事のときに咳きこんだ直人を、風邪じゃない？　と気づかった母。もしも、ランニングでかいた汗が冷えて風邪をひいたら、だれか自分を心配してくれるだろうか。

ふいに、幼いころのことがよみがえる。あれは、小学校の低学年のころだったろうか。

高熱を出した兄を、母が病院につれていったとき、悠人はひとり置き去りにされ、腹をすかして泣き寝入りした。虐待されたこともない。

家が裕福ではないとはいえ、食うのにこまるほどではない。不満をいえば贅沢、ということになるのだろう。

けれど、自分に存在意義などあるのかという問いをくつがえすすべがない。

もしも、親の愛情だけはひとしく注がれていると思えたなら、心の持ち方はもう少しちがっていたのだろうか。

夜空に星がまたたく。とはいえ、ここから見える星はさほど多くない。大都会ほどではないが、星を見るには、灯りが多すぎるのだ。

満天の星というのを見てみたいと思う。圧倒的な星空をながめたら、細かいことにこだわるのがバカらしくなったと、だれかがどこかで語っているのをきいた。そんなのだろうか。いや、ひたすら卑小な自分を意識するだけかもしれない。

坂和公園まで走る。まさか、今日はいないだろうと思った。ところが、あの少女は、やはり先日と同じようにブランコに座っていた。身じろぎもしないで。ひとりでふらふら出歩くな、といったのに。とはいえ、これ以上余計なおせっかいをするつもりはない。ちゃんと忠告はしたのだから、何かあぶないことがあっても、自分の知ったことではない。悠人は、公園の脇の道を走りぬけた。

しかし、数分走ったあとで気になってひきかえした。もう帰っていればいいのだが、と思いながら、公園の入り口からブランコの方を見る。少女は、そこにいた。悠人は、しばらく物陰で様子をうかがっていた。見たのはこれで三度目だ。うつむき加減の視線は、どこを見ているのだろうか。

少女が少し顔を上げ、上空を見る。悠人は足音をしのばせて一、二歩前に進んだ。

しんとしずまりかえった夜の公園は、時がとまったかのようだった。

ほんの一瞬、わずかに空気がふるえた気がした。同時に少女の吐息がきこえた。む

ろんそれは錯覚で、この距離できこえるはずはない。また、視線が落ちる。見ている

こちらが不安になるようななんともいえない表情に、いやな予感が心をよぎる。

このままほうっておいて、いいのだろうか。

やがて、少女はやおら立ちあがると、緩慢な動作で歩きだす。悠人は、そのことに

ほっとしていったん物陰にかくれ、歩きはじめた少女から少し距離をおいて、後ろを

歩いた。走ったあとの汗が、急速に身体を冷やしていく。先ほどは、もし風邪をひい

たら、などと考えたが、これでほんとうに風邪をひいたら、まぬけすぎだ、と自嘲す

る。それでもやはり、ほうっておけなかった。もしかしたらあの子は、自分と同じよ

うに、生きている意味を見いだせないのかもしれない。

住宅街のしずかな夜道で、悠人の足音がきこえていないはずはなかったが、少女は

ふりかえらなかった。歩幅を小さくしてなるべく少女の歩みにあわせて歩く。こうし

て足並みをそろえていると、奇妙な連帯感のようなものが芽生える。手前勝手な思い

込みにすぎないかもしれないけれど。暗い夜道に、少女のはくスニーカーが、やけに

白くういて見えるようだった。

やがて、少女が坂和ヒルズの前に着く。そこで少女は、はじめてふりかえった。ふいに目があって、悠人は少しあわてた。それをごまかすように、

「夜、出歩くなって、いったろ！」

と、乱暴に告げる。

少女はそれには答えず、すぐに背をむけて建物の中に消えた。

いった。星がうたう歌とは、どんな旋律なのだろうか。

悠人は、空を見上げてから走りだす。この前、少女は星がうたっているみたい、と

　　　　　3

「さすがに速いなあ」

荒い息をはきながら、新川渉がいった。体育の授業で、持久走をしたあとのことだった。

「一応、陸上部だったし」

悠人は笑いながら応じた。

渉は、サッカー部だった。とはいえ、陸上同様、緑中のサッカー部が強いチームだったわけではない。出ると負けというほどではないが、地区大会で二回勝てばまずまず、という程度だ。

渉とは一年のとき、同じクラスだった。二年では分かれたが、三年でまたいっしょになった。志望校も同じなので、今、いちばん親しくしている。

その日の放課後も、ふたりはいっしょに学校を出た。

「高校で、サッカー、続けるのか?」

渉は、うーんというふうに首をひねった。

「やりたい気もするけど。高校になってまでもなあ。東高も、うちと同じで、三回も勝てば上出来って感じだし。悠人は?」

「やるよ。そう宣言したから」

「だれに?」

「家で」

「へえ。そういえば、優秀な兄貴は、一高だったな」

「関係ねえよ」

「おれ、おまえも一高目指すかと思ってた」

「あんなとこ行ったら、勉強しかできねえじゃん。おれは、兄貴みたいに出来よくね
えし」

「そっか。そりゃあそうかもな。全国模試で、一けたとったことがあるってきていた
し。マジかよって、思った。一高でも優等生なのかな」

「知らねえ」

ほんとうは、知っている。毎回トップとはいわないまでも、トップクラスというな
ら、まちがいではないことを。兄の成績を見たときの、母の満足そうな顔がうかぶ。

曲がり角に着いて、

「じゃあな」

と、渉が手を上げる。

「ああ。また明日」

渉の背中を見送ってから、ふと、坂和公園に行ってみようと思った。あの暗い夜の
公園を、明るい時間に見たら、どんなふうに見えるのだろうか。

公園が近づくにつれ、下校途中の生徒と行きあうようになった。が、当然ながら、
歩いているのは緑中の生徒ではなく、坂和中の生徒ばかりだ。

公園は、夜とはまったくちがう貌をしていた。すべり台やブランコで遊ぶ小学生。バドミントンをやっているのは、高学年の子だろうか。入り口付近には、それぞれ犬をつれた老人がふたり、何やら世間話をしている。なんの変哲もない明るい公園だった。

まあ、そんなもんだろう、と小さく息をはく。

ポケットに手をつっこみ、伏し目がちに歩いた。悠人の前を、下校途中の中学生たちが歩いている。緑中は市内ではめずらしく男子もブレザーだが、坂和中の男子は学生服だ。のろのろと数人ずつかたまって歩くグループを追いこしたあと、目のはしに、既視感のあるものをとらえた。前を歩いていたのは女子の三人組で、楽しそうに笑いながら、のんびりと歩を進めている。悠人が目にとめたのは、その中のひとりの靴だった。

あの白いスニーカー……。

りはローファーをはいていた。

白いスニーカーでの通学が、さほどめずらしいわけではない。だが、悠人は、あの子だ、と直感的に思った。靴だけでなく、後ろから見たときの髪型や背格好が、よく似ていたのだ。追いぬかして顔をたしかめようかと足を速めたとき、

悠人は順繰りに少女たちの靴を見る。三人のうち、ふた

と、小柄なローファーの子がいうのをきいて、悠人は速度をゆるめる。今度は、背が
高いローファーの子がいった。

「そうだよ。あの店、かわいいもの、たくさんあるよ。今なら、ハロウィーンものと
かも、いろいろあるし」

どうやら、朱音とは、あの子の名前のようだ。

「ごめん。明日は無理」

「またダメなの？　つきあい悪いよ」

「わたしだって、ひよりや桃子と、遊びたいけどさあ。中間、悪かったし」

「そうなの？」

「桃子ぉ、マジに受けとるなって。朱音の悪いは、うちらのふつうだよ。っていう
か、まだ二年じゃん。気楽に行こうよ」

「うち、親がうるさくて」

朱音が言い訳するようにいった。

「朱音のお母さんって、優秀だったんでしょ」

「……そんなことないよ」

「ねえ、朱音もたまにはいっしょに行こうよ」

「だって、橘花学院大学出身なんだよね。あたしなんか、ぜったい無理」

「だから、そんなことないって。またさそってね。じゃあ、また明日！」

ちょうどわかれ道だったようで、朱音がふたりに笑顔で告げる。そのとき、横顔が見えた。まちがいない。やはりあの子だった。

「バイバイ」

少女たちは、手をふりあい、朱音だけが道を右に折れた。そして、道を曲がったたんに、ダッシュするように駆け足で去っていった。

それにしても、なんというちがいだろう。昼に見た朱音の顔は、夜見たときとは、まったく別人のようだった。いかにも、明るい女子中学生というふうで、なんだかだまされたような気になる。

親がうるさいといっていた。とすれば、このあいだの夜、暗い顔でいたのも、悪い成績をとって、親に叱られただけだったのかもしれない。だから、気にすることなどないのだ。いや、気にしていたわけではないけれど……。

悠人はまた夜の道を走っている。昼間見た朱音の笑顔を思いだすと、なぜか気持ちがざわつく。楽しそうにしていたのだからいいではないか、と思うのに、まるで自分

　朱音は、ただだまっていた。

　も、だとすれば、あの昼間の楽しそうな顔は、どういうことなのか。

　は、成績不振でなやんでいる、といったたぐいのこととは異質なものだと感じた。で

　朱音が顔を上げた。その顔を見て、悠人はたじろぐ。直感的に、その苦しげな顔

「何してんの？」

　いた子なのだ。　坂和中学二年生の。

　して歩みよる。白いスニーカー。昼間見たものと同じだ。この子は、朱音と呼ばれて

　人が近づいてきたことがはっきりわかるように、ことさらに、地面をけずるように

　白い街灯に照らされたブランコ。そこに少女は、いた。

　いるだろうか。　もう、いないだろうか……。

　和公園の方を目指すことになった。

　叱られたのなら、なんだって三度も見かけたのだろう。　結局、悠人は、またしても坂

　ところが、いざ走りだすと、やはり気になってくる。　どう考えてもおかしい。　親に

　いなくても、落胆してしまいそうな気がした。

　もう坂和公園に行くのはやめようと思った。　もし、公園に行ったら、あの子がいても

　がそのことにがっかりしているような……。　そんな自分が不快でもあった。　だから、

「ぶっそうだっていったよな。っていうか、おれだって、疑われたって、おかしくね

えか。おれ、前にもいったけど、緑中の三年で、柏木悠人。あんたは?」

「関係ない」

「べつに、無理にいわなくてもいいけど」

少し間をおいて、朱音は口を開いた。

「……富沢、朱音」

「なんで、こんな夜にひとりでいるの?」

「………」

「あれこれ詮索する気はねえけどさ」

「息ぬき、かな」

朱音がかすかに笑った。夜に見るはじめての笑顔だ。とはいえ、それは、きいてい

て苦しくなるほど、ひどくかわいた笑いだった。

「帰ろう。送るから」

返事はなかったが、朱音は素直に立ちあがった。そして、無言のまま歩く。坂和ヒ

ルズの建物が見えてきたところで、

「ほっといて、とか、余計なお世話、とか、いわれるかと思った」

というと、朱音は、上半身をねじるようにして、正面から悠人を見た。その目の光に、やはりたじろぎそうになる。

やがて、朱音は視線をゆっくりと空にむけた。つられるように、悠人も空を見る。

晩秋の夜空に、星がまたたいていた。

朱音は、ぺこりと頭を下げてから建物の中に消えた。

なんのための息ぬきなのだろう。勉強？　兄のように、いい高校を目指していると

か？　と考えて、悠人は首を横にふる。坂和ヒルズに住むような子なんて、自分とは

関係ない。そう思うのに、次に走るときもまた、自分は坂和公園に行かずにはいられ

なくなりそうだ。いったいなぜなのか。悠人は自分の気持ちがわからなくなっていた。

4

いつもより二十分ほど早く家を出た悠人は、坂和公園目指して走った。公園内に足を踏みいれて見わたす。人気はなかった。空っぽのブランコまで歩き、いつも朱音が座っているブランコに座る。片手だけチェーンをにぎり、少し後退してから地面をけ

ると、きしみ音を立てて、ブランコが前後にゆれた。その動きに身をまかせる。ずっと忘れていた感覚。いつから乗ってないだろう、ブランコになんて。

この公園には、以前に二、三度、兄の直人と来た記憶がある。小学校の低学年のころだ。あのころは、まだ親は不仲ではなかった。あのころは、自分も単純に兄をしたっていた。あのころは、母の愛は平等だと思っていた。

朱音はあらわれなかった。今日は来ないのか。あるいはもう、夜、出歩くのをやめたのか。

それにしても、なんだってこんなに気になるのだろう。何も知らない相手なのに。

朱音がまとっている孤独感というか寂寥感（せきりょうかん）というか、それだって悠人の手前勝手な思い込みにすぎないかもしれないのに。なんといっても、坂和ヒルズに住んでいる子だ。と思って、自嘲的に笑う。自分は何をやっているんだろう。

悠人は少しいきおいよく地面をける。きしみ音が大きくなった。その音にまじって、かすかな足音が耳に届く。ジャージーの上に、フリースのパーカーを羽織（はお）り、手をポケットにつっこんでいる。視線は落としぎみ。足取りは重い。

悠人はブランコをとめた。朱音が歩く姿を前から見たのははじめてだった。

ザリッ、ザリッと音を立てて公園内を歩いてくる朱音を、悠人はじっと見つめた。

「寝不足？」

いいながら、朱音は顔を背けて口に手をあてた。今、あくびした？

「風邪なんて、ひいてられないし」

「どういったらいいのか、疲れたような顔してるから。体調とか……」

「……何か？」

「何か、あった？」

張感がうすい気がする。まとっているオーラは、あいかわらず重いのだが……。

めたような顔でいるのだが、今日は心なしか弛緩しているというふうで、いくぶん緊

じがした。悠人は、いぶかしげに朱音を見る。夜に会うときの朱音は、どこか思いつ

と、小さく首を横にふる。少しだけ口もとがほころぶ。だが、何かいつもとちがう感

「いいよ」

「あ、ごめん、どこうか」

「場所、とられちゃった」

いると、意外なことに、朱音が先に口を開いた。

ど、と心の中でツッコむ。よう、とか、やあ、というのも、ちがう気がしてだまって

声をかけようとして、迷った。こんばんは……なんだか他人行儀だ。他人だけれ

「ちょっと」

朱音は、ふたたびあくびをかみころすように、唇（くちびる）をかんでいた。少し間をおいて

から、悠人はまた口を開く。

「坂和中、だったよな。何年？」

二年だと知っているが、あえてきいた。

「二年」

「おれよりひとつ下か。部活とか、やってんの？」

朱音は首を横にふった。

「やったことも、ない？」

「テニス。一年の途中まで」

「やめちゃったんだ」

あれこれきいていやがられるかな、と思ったが、朱音はそんなそぶりを見せること

もなく、隣のブランコに座った。

「うっとうしいとか、思ってる？　おれのこと」

「…………」

「ヤバいやつかもしれない、とか」

そのときは、首を横にふった。ということは、いやがられているわけではない、と
思ってもよさそうだ。

「ストーカーとかじゃないし」

今度は、首を縦にふる。口を開かせるのがむずかしい。それに、あまりしつこくき
いたら、いっそう頑なになるのではないか、という気もした。

「おれ、受験なんだよね」

「どこ、受けるの？」

はじめて、朱音の方から問われた。それが少しうれしかった。

「東高。一年後だろ、もう、決めてる？」

「……そんな先のこと、考えられない」

「先のことって、一年なんて、あっという間だけどな」

「一日は、長い」

「へえ？」

朱音は、ブランコから立ちあがった。

「帰らなくちゃ」

そしてそのまま、ふたりで歩く。

「学校、どう?」

「どうって?」

「楽しい?」

「……ふつう」

とすれば、友だちといたときの笑顔は嘘ではないと、思っていいのだろうか。

ほどなく、坂和ヒルズの前に着く。

「家、どこ?」

朱音がきいた。

「緑町の団地。おれ、火曜と金曜は、塾なんだ」

だから、来られない、そう告げたつもりだった。

「そう」

それが、何に対しての「そう」だったのかはわからないが、朱音は、一瞬、悠人を正面から見て小さく頭を下げると、小走りで建物の中に消えた。

次に朱音に会ったとき、悠人はすぐに、

「歩かない?」

とさそった。この公園を夜おとずれる者などめったにいないことはわかっていたが、もしも、ふたりでいるのをだれかに見られでもしたら面倒だ。それよりも、歩いている方が自然だと思った。

朱音はだまってしたがった。少しはうちとけてくれたのだろうか。あいかわらず、言葉は重いけれど。

公園から朱音の家までは五分もかからない。なので、反対の方へ二ブロックほどむかい、ぐるりと一周する。そのあいだ、とぎれとぎれの会話をする。

「きょうだい、いる?」

「……妹がひとり」

「おれは、兄貴がひとり。おれとちがって、出来がよくてさ。一高に行ってる。妹、年は?　おれんとこは、ふたつちがいだけど」

「小二」

「ずいぶんはなれてるんだ」

「幼稚園のころは、ひとりっ子だった」

「そうか、そうだよなあ。それだけはなれてると、けんかなんか、しないだろうな」

朱音は、一瞬、眉を寄せて唇をゆがめた。それから、表情をもどすと、まったくべ

つのことを口にした。

「天の川、見てみたい」

「ここらじゃ、絶対無理だよ。山の上とか、離島にでも行かないと」

「だね」

とつぶやいて、重いため息をつく。

ならんで歩いたのは、十分ほどのことだった。朱音が、建物の中に消えるのを見送り、悠人はまた走りだす。

なぜ、こんなことをしているのだろう。自分でもよくわからなかった。ほうっておけなかったから？　そんなたいそうな理由じゃない。

ただ、不思議なことに、今、朱音と別れてひとり走るその足取りはふだんより軽かった。

昼休みに、悠人が英語の宿題をやっていると、

「めずらしいじゃん、今ごろ」

と、前の席の中井哲矢が声をかけてきた。

「昨日、ちょっと走って、そのまま寝ちまった」

「マジ？　余裕ありすぎじゃね」

哲矢とは、二学期に席が近くなってから、よく話すようになった。

「っていうか、哲矢にいわれたくねえよな。昨日も、仲よくいっしょに帰ってた
ろ？」

いつの間に近づいてきたのか、渉が笑いながらいった。テニス部だった哲矢は、一
学年下のテニス部の女子とつきあっている。日焼けした、いかにもスポーツが得意そ
うな子だ。

「しょうがねえじゃん。あいつ、すぐすねるから、相手してやんねえと。めんどくせ
えって思うけどさ」

言葉とはうらはらに、哲矢の表情はにやけている。

哲矢の親は共働きで、父親は有名な企業に勤めているし、母親は学校の教師だ。経
済的にも余裕がある家に育ったせいか、ひねたところがない。カノジョがいる自分
を、少しばかりひけらかすようだと感じさせることもあるが、どちらかというと天然
タイプで、悪気はない。そこが、ときどき、悠人のカンにさわるところではあるけれ
ど。四つ下の弟がいて、たまに話題にのせるが、兄弟仲はよさそうで、つくづく、世
の中にはいろんな家庭があると思う。

「マメだよな。受験生で女子とつきあうなんて、考えただけでソンケーするよ」

悠人の言葉は本音ではあるが、能天気に見える哲矢への皮肉もまじっている。しか

し、すぐに渉が、

「いうなよ。ひがんでるみたいだし」

と舌打ちする。渉も悠人と同様、これまで女子とつきあったことなどない。だが、渉

は、どうやら本気で哲矢をうらやんでいるらしい。そこが自分とはちがう、と悠人は

思っていた。

たしかに哲矢はマメだ。夏休みも何度か、いっしょに出かけたりしたようだし、し

ょっちゅうラインでやりとりしている。しかし、哲矢にかぎらず、つきあう相手がい

るクラスメイトを、うらやましいと思ったことはなかった。正直なところ、あれこれ

相手に気をつかいながら行動するなど、面倒でしかない。

「めんどくせえ」

女なんて、という言葉はさすがに口にしなかった。

「悠人はクールだよな。もてねえわけじゃねえのに」

もてねえわけじゃねえ、というのは、もてる、とはちがう。兄の直人は、もてる、

といってもいいだろう。

それでも、小学生のころは、素直にバレンタインデーにもらうチョコを喜んだりしたものだ。たとえその数が、直人よりもずっと少なくても。

なんていわれて舞いあがったこともあった。

女子とかかわりたくない、と思うようになったのは、中学に入ってからだ。親しげに近づいてくる女子が、秘めごとを告げるとでもいうように、小声でささやく。——

柏木のお兄さん、どこ受けるの？　お兄さん、つきあってる人、いる？　本人にきけよと、ぶっきらぼうに返したときの、がっかりしたような顔。きけないからあんたにきいてるんでしょ、といいたげな様子に、あえて気づかぬ顔をする。

そんなことがあってから、悠人が女子と口をきくことは、めっきり減った。今は、クールといえばきこえがいいが、無愛想なタイプと思われているだろう。

「悠人は、マジ、いいな、と思う子とか、いねえの？」

そのとき、ふと、朱音の顔がうかんだ。だが、すぐに首を横にふる。あの子は、そういうのとは、ちがう。

「受験生にきくことじゃねえよな」

悠人は、かわいた声で笑った。

「おれは、高校行ったら、ぜってえカノジョつくる」

そう宣言した渉は、きゅっと唇をかんで、みずからを鼓舞するように、二度三度とうなずく。そんな渉を、ついほほえましいような思いで見る。素直で明朗ないいやつ。一度だけ、家に行ったことがあるが、母親は感じのいい人だった。たぶん渉には、家での心配ごとなどないのだろう。

高校。そこに、期待できるものは、はたしてあるのだろうか。

坂和公園のブランコではなく、すべり台の上に立って、悠人は朱音をまっていた。こうして人をまっているときというのは、時間の流れがおそくなるような気がする。

二度、時計を見る。前回、朱音が来たのは九時五分前だった。今がその時刻だ。朱音はあらわれない。べつに、約束したわけではない。もう少しまって来なければ、走って家まで帰るだけだ。そう思ったのに、また時計を見る。やはり来るのを期待しているのだろうか。会いたいと思っているのだろうか。だとすれば、なぜだろう。

昼間、渉たちと交わした会話がよみがえる。いいな、と思う女子……。ちがう。やはりそういうのではない、と思う。朱音については、何も知らない。どんな子なのか、趣味は何か、とりたてて、知ろうとも思わない。それでも、まっている。朱音には、どうしようもなく悠人の心をひきつけるものがあるのだ。

かすかな足音が耳に届いた。来た。びくんと、心がはねた。

ザリッ、ザリッと砂まじりの土をふむ音。すべり台の上から俯瞰する景色は、いつもとはちがう場所のようにも見えた。

朱音はうつむき加減で、ブランコに近づいてくる。目には見えない重いものがのしかかってでもいるかのように、肩が落ちている。ブランコの前に立った朱音が小さく息をはく。ほんの一瞬、何かをさがすように頭をめぐらす。悠人をさがしたのだろうか。だが、朱音の視界に、少しはなれた高い位置にいる悠人は映らない。

悠人は、すべり台の上からとびおりた。ザグッと音を立てると、朱音が、びくっとしたように半歩退く。

「ごめん。驚かす気はなかった」

「……だれもいないかと思った」

「のぼってみねえ？　すべり台の上」

拒否されるかと思ったが、朱音は素直に近づいてきて、階段をのぼった。

「なんか、ちょっとだけ、ちがって見えるだろ」

悠人は、朱音を見上げながらいった。朱音が、わずかに口もとをゆるめた。

「一メートル五十センチだけ、星が近くなったかも」

幼いころ見上げたすべり台の高さは、わずか一メートル半。悠人の目の高さに、朱音の白いスニーカーが見えた。

「星、好き?」

悠人がきく。

「好き」

そう答えながら、朱音は手すりをまたいだ。

「とぶの?」

「うん」

「だいじょうぶか?」

「だいじょうぶ」

朱音の身体が、空にとびだす。その刹那、手を広げて舞いあがったような気がした。それはもちろん錯覚で、朱音はまちがいなく引力の法則にしたがって、たしかな重量感をともなって地面に降りたった。少しよろけて、片足を前にふみだした朱音の腕を、悠人はとっさにつかんだ。

至近距離で、目があった。ほんのりと上気した笑顔。なぜか本ものの笑顔だと思った。そのとたん、ずきっと胸が痛んだ。

朱音は、まだ風呂に入る前なのか、少し汗の

臭いがした。

視線をそっとずらして、悠人は手をはなすと、

「歩く?」

ときいた。見なくても、うなずいたような気がして、歩きだす。

「月は?」

省略した言葉は、好きか、ということだが、朱音にはちゃんと伝わったようだ。

「明るいと、星が、見えない」

「そりゃあ、そうだよな」

「けど、地平線に近いとき、ぼーっと見える月、好き。満月じゃなくて」

「満月は、この時間だと、けっこう高いもんな」

朱音が、隣でうなずく。それきり会話がとぎれた。悠人は、朱音が好きだという月を思いえがきながら、話の接ぎ穂をさがすようにきいてみた。

「誕生日、いつ?」

「六月十日」

「へえ、じゃあ、今、同い年だな。おれ、早生まれだから」

「何月?」

「三月三日」

朱音が、くすっと笑った。

「よりによって、ひな祭りだもんな。そっちは、時の記念日だな」

「よく知ってるね」

「常識だろ？」

「みんな知らないよ」

ならんでゆっくりと歩く。朱音は、ときどき空を見上げる。そのたびに、悠人もつられるように、空を見た。

「しんどいこととか、ある？」

「……なんで？」

なんで、そんなことをきくのか、ということだろう。

「最初に見たとき、そんな気がしたから」

それからあとも、同様に感じていたのだが、そのことは口にしなかった。

「まあ、いろいろ。そっちは？」

「受験生だし。いろいろたいへんだよ」

「そっか」

「すぐ、やってくるよ」

「どうなっちゃうのかな、高校受験なんて……」

「友だちとか、いる？」

「……いるよ」

「何、話すの？」

そうききながら、いつかの下校風景を思いだす。友だちにどこかに行こうと誘われていたのだ。それを断ったのはなぜなのだろう。あのとき、中間テストが悪かった、といっていたが。

「勉強のこととか、恋バナとか、かな」

「おれのダチも、高校行ったらカノジョつくるって、ほえてるけど」

「そういうの、いいね。楽しそうで」

少し、空気が冷えた。まるで自分には関係がないとでもいうような、冷淡なもの言いだったのだ。

そうこうするうちに、坂和ヒルズの前に来た。

「着いちゃった」

朱音がふっと息をはく。

「じゃあ、また」

悠人が軽く手を上げると、朱音はこくっとうなずいて、エントランスの中に入っていく。キー操作で自動ドアが開いたとき、朱音は一度ふりかえり、小さく手をふった。それからすぐに、姿は見えなくなった。

壁も天井も白い。無味乾燥の箱の中だ。いかにも清潔そうな空間だが、居心地がいいわけではない。いやむしろ、有形無形の圧力を感じる場所だ。鉛筆を走らせる手を一瞬とめて天井を見る。一列にならぶ蛍光灯。白い灯り。生徒たちの顔も白い。

学校とちがって、塾は黒板ではなくホワイトボードだ。何色ものボードマーカーを使って書きつらねながら、明瞭な滑舌で話す英語講師の言葉が、素通りしていく。外に広がる窓はなく、時計を見なければ時間もわからない。ちらっと時計を見る。午後八時。今ごろ、朱音は何をしているのだろうか。悠人が行けない日も、やはりあの公園に行くのだろうか。

塾の休憩時間に、

「なんか、ぼんやりしてないか?」

と、博貴にいわれてしまった。

「あ、うん。まあ、いろいろ面倒だな、とか」

「あと数か月のしんぼうだよ」

「まあ、そうだけど……あのさあ、おまえ、妹、いるっていってたよな？」

前にきいた話では、たしか年子だったはずだ。とすれば、坂和中で朱音と同学年と

いうことになるから、朱音のことも知っているかもしれない。

「うん。おれより出来がいいから、一高目指すって。十月から、塾にも来てるよ」

「ここ？」

「うん。二年の特進クラス」

「今日は？」

「来てるはずだけど」

「おれ、ちょっと、ききたいことあって。坂和中の子のことで」

「じゃあ、ラインしとくよ。先に帰るなって」

その日、授業が終わった悠人が、博貴とともに建物の外に出ると、メガネをかけた

少女が立っていた。

「妹。美里」

博貴があごをしゃくると、ぺこっと頭を下げた。きりっとした表情のいかにもまじ

めそうな子だった。

「あ、おれ。緑中の柏木悠人」

「知ってます。柏木直人さんの弟でしょ」

他校の、三つも下の生徒が直人を知っている。なんだかげんなりしてしまった。

「柏木の兄貴、マジ、有名だもんな」

「全国模試で一けただもの」

美里の表情が、どこかうっとりとしたものにかわる。

「兄貴のことは、どうでもいいし。あのさ、富沢って、知らない？」

「富沢？　富沢朱音のこと？」

「そう。そんな名前だったかな」

と、あえてさほどの知り合いではない、という口ぶりで悠人はいった。

「富沢さんの、知り合いなんですか？」

「……知り合いの、知り合いって、とこかな。どんな子かなって」

「どんな子って……。隣のクラスで、体育がいっしょなだけで、話したことないし、よく知らないけど。今年の春、二年になったとき、転校してきたんです」

「転校生なんだ。よそから引っ越してきたのかな」

「引っ越してきたのは、坂和ヒルズができたときのはずだから、四年ぐらい前だと思うけど。東京の橘花学院に行ってたらしいです」

「そこって、たしか、お嬢さま学校じゃね?」

博貴が口をはさんだ。悠人もついうなずくと、美里が、

「今は、共学だよ」

と修正する。もともと女子校だったのが、数年前に共学になったのだという。幼稚園から大学まで、エスカレーターで行ける学校で、学力レベルもまずまずのようだ。

「そこから、転校してきたってわけ?」

美里は小さくうなずいた。

「橘花学院って、雰囲気のいい学校って評判だったから、何があったんだろうって、ちょっとうわさになったけど」

「案外、そういうとこの方が、いじめとか陰湿だったりしてな」

博貴がちゃかすようにいうと、美里はかすかに眉をひそめた。

「そんな感じじゃなかったよ。わりとすぐに、クラスにはとけこんだみたいだし。でも、このあいだ、遅刻してきたの見かけたけど」

遅刻ときいて、先日、寝不足といっていたのを思いだす。夜、眠れないようなこと

が、何かあるのだろうか。

「なあ、柏木の知り合い、その子に、興味あるんだろ？」

博貴は、悠人が友人のために、朱音の情報をえようとしていると、勘違いしてくれたようだ。なので、悠人もそれに乗って、

「まあ、そんな感じかな」

と笑うと、博貴が妹にきいた。

「その子、かわいい？」

「もう、お兄ちゃん、そんなことばっかいってて、勉強だいじょうぶ？」

美里は、わざとらしく眉をひそめた。

それにしても、橘花学院から転校とは、やはり、学校で何かいやなことがあったのだろうか。夜、眠れないような……。

5

社会の授業中、ため息をついて、教師に嫌味をいわれた。

「柏木、授業がたいくつか？」

「すみません」

と、素直にわびる。いや、素直なふりをしてわびる、という方が正しいだろう。この教師は卓球部の顧問をしている関係で兄のことをよく知っており、入学した当初、兄の名を出して品定めするように悠人を見た。そんな教師は、ひとりふたりではなかったから、悠人は教師という人種に対して不信感をつのらせてしまった。

視線だけを教科書に落として、悠人はまたべつのことを考えてしまった。さっきのため息は、朱音のことを考えていたせいだった。

悠人が夜走るのは週三日。その日は、十五分ほど、朱音とならんで歩く。ぽつりぽつりと話すようにはなったが、まだ相手がどんな人間なのかもよくわかっていない。

こういう関係をどういいあらわしたらいいのだろうか。

あの散歩を、気分転換であり、息ぬきといった朱音。中学生で、親がきびしいとすれば、それは勉強からの息ぬきと理解すべきだろうが、悠人はそうではないと思っている。朱音は、もっと重たい何かを背負っている。

いつまでも、こんなことをしているわけにはいかないと、頭ではわかっていた。ランニングもたいがいにしておけと、自分でも思う。これで風邪でもひいて、受験に失敗したらいい笑い種だ。家の経済状態を考えれば、私立という選択肢などないのだか

ら。

それでもたぶん、悠人はまた、坂和公園まで走っていくのだろう。

最近、ふと気がつくと、朱音のことを考えていることがある。ひかれているのだろうか。悠人には、そうだともそうでないとも、断じることができなかった。

建物の外に出たとたん、強風に吹きつけられて、思わず顔をしかめた。落ち葉がからからとアスファルトの路上を舞う。

見上げると、空はよく晴れわたっていたが、北寄りの風が冷たい。数日前に、東京で木枯らし1号が吹いたとニュースでいっていたから、今日は木枯らし2号というところだろうか。悠人は、理科で習った、木枯らし1号の定義を思いうかべる。——西高東低の冬型の気圧配置で、北寄りの風で、風速何メートル以上だったっけ、と首をひねる。ついこのあいだ、理科の問題集で見たはずなのに。

まだ明るみは残っているが、少し前に日は地平の下にかくれていた。空の青が、すみれ色にかわっていく中、軽いジョギングという感じで歩を進める。むかう先は、もよりのスーパーマーケットだ。そこで靴を買うつもりだった。

二階にある靴売り場で、アディダスの白いスニーカーに目をとめた。朱音がはいて

いたのとよく似た靴だ。ほしい、と思ったが、予算オーバーだった。自分のこづかい

とあわせて買おうかとあれこれ持ち金を計算してみたが、結局、無駄づかいはできな

いと思いなおし、グレーの安いスニーカーを買った。

靴の入ったビニール袋をぶらさげて、下りのエスカレーターに乗ったとき。

「あっ」

思わず声が出た。地下の食品売り場に降りていこうとする少女の、えんじ色のジャ

ージに見覚えがあった。白っぽいジャケットは見たことがないが、まちがいなく、

朱音だった。なんでこんなところにいるのだろう。朱音の家からは、もっと近いスー

パーマーケットがあったはずだ。

それだけではない。朱音は、ひとりではなかった。

小さな女の子の手をひいている。ツインテールにした小学校低学年くらいの子は、

妹にちがいない。

悠人は思わず、あとを追った。

スーパーの食品売り場など、めったに来ない。フロアは圧倒的におとなの女性が多

く、いささか気おくれしたが、周囲に視線をめぐらして、野菜売り場にいた朱音を見

つけた。少しはなれたところから様子をうかがっていると、朱音は、妹の手をひきな

がらも、次つぎに食材をかごに入れていく。タマネギ、にんじん、ジャガイモ……。

そのためらいのなさに驚いた。

肉をすばやくとり、かごに入れる。朱音はやがて、肉売り場に移動した。パックになった肉をかごに入れていく。

悠人は、一階の入り口にもどって、ほかにも、いくつかの商品を選んでからレジにむかう。外はすでに暗がりが広がっていた。

ほどなく、朱音が出てきた。片手で重そうにビニール袋をさげ、もう片方の手で妹らしき少女の手をにぎっている。

「もとうか?」

声をかけると、朱音は、びくっとしたようなそぶりで半歩下がった。

「柏木さん……」

「買いもの? って、見りゃあわかるよな」

朱音はなぜか頬を少し赤くしたが、まっすぐに悠人を見上げて、同じことをきいてきた。

「……買いもの?」

「靴をね。前のがやぶけちゃってさ。ほんとは、富沢さんのみたく、アディダスとか、ほしかったけど、予算オーバー。うち、貧乏だから。もつよ。重そうだし」

「だいじょうぶ」

朱音は目をそらした。手をつながれた幼い少女は、だれだろう、というふうに悠人を見つめてから、はずかしそうに、朱音にぴたっとはりついてうつむく。目や口の形が、朱音によく似ていた。

「妹さん、だよね？」

「あ、……うん。和花」

悠人は、笑いかけてみたが、相手から笑顔は返してもらえなかった。

「もつよ」

ビニール袋に手をのばしかけた悠人だが、朱音は、ぴしゃりとはねつけるような口調でいった。

「だいじょうぶ」

そのまま、ならぶような形で歩いたが、なぜだか、人を寄せつけない雰囲気をかもしだしていて、少し乱暴に和花の手をひっぱるように、足を速める。

「おねえちゃん、痛い」

「急がないと、ママが心配するでしょ」

「しないよ。どうせ、ママ、寝てるもん」

「和花！」

けわしい声を出した朱音だったが、歩みはゆるめたので、悠人はまた横にならび、

「なんか、へんな感じだな。昼間、会うって」

といった。

「……そうだね。まさか、こんなところで」

「ここに、よく、来るの？」

「……たまに」

「家の、手伝いしてるなんて、えらいんだな」

そのとき、朱音がふいに足をとめた。

「……どうかした？」

「……母がね、病気で。じゃあね。和花、行くよ」

そっけなくいうと、朱音は背をむけた。

おりからの強風に、手にさげたスーパーのビニール袋がパタパタと音を立てた。悠人は、その場に立ちすくんでふたりを見送った。朱音はふりむかなかったが、眉をハの字にした和花が、一度だけふりかえって悠人を見た。

少しのあいだ、ふたりの背中を見送ってから、悠人も歩きはじめた。朱音の様子

は、明らかによそよそしかった。何か、気にさわるようなことをいったのだろうか。

その日、いつものように、悠人は坂和公園まで走った。日中の強い風はおさまっていたが、ときおり頬をなでていく風は冷たい。家を出るのがおくれて、着いたのもふだんより少しばかりおそい時刻だったが、朱音はまだいた。ブランコにぼんやりとした表情で座っていた朱音に、

「富沢さん」

と声をかけると、はっとしたように顔を上げた。悠人が近づくのに気づかなかったのだろうか。

「どうかしたの？　ぼんやりして」

悠人の言葉に、朱音は、いぶかしげに眉を寄せた。めずらしく、朱音の表情からいらだちを感じる。

「あ、でも、お母さんの病気、よくなったのかな。夜の散歩に来てるってことは」

すると、朱音はいっそう眉を寄せて、ブランコから乱暴な動作で立ちあがった。ブランコがゆれて、きしみ音を立てる。どうしたのだろう、なんだかいつもの朱音と様子がちがう。悠人は、おそるおそるきいた。

「何か、あったの?」

「べつに。いつもどおりだよ」

冷ややかな声だった。いったいどうしたことをいっただろうか。夕方、スーパーマーケットで会ったときも、妙によそよそしかったが、その理由については、悠人に思いあたる節はなかった。

朱音が、早足で歩きだしたので、悠人はあわててあとを追いながら、また話しかける。

「えらいなって思ったんだ。家の手伝いして。妹さんもかわいがってるし」

朱音はふいに足をとめた。それから、けわしい目で悠人を見つめる。そして、

「手伝いなんて、してない!」

と、叫ぶようにいうと、背をむけて走りだした。悠人は、それをぼうぜんと見送った。

次の日、悠人は塾に行くとすぐに、博貴に歩み寄ってきた。

「今日、美里ちゃん、来てる?」

「あ、うん」

「ちょっとまた、ききたいんだけど」

博貴は、少しいぶかしげな表情を見せたが、すぐに、

「いいけど」

といって、ラインで知らせてくれた。

塾が終わると、前と同じように美里は、建物の外でまっていた。

「中にいればいいのに」

博貴の言葉に、美里は、ちょっと頬をふくらませる。

「お兄ちゃんまってるなんて、思われたくないもん」

「ごめん。おれのせいで」

悠人がわびると、美里は首を横にふった。

「柏木さんには、お兄ちゃんがお世話になってるから。ひょっとして、富沢さんのこ
とですか？」

「あ、うん、まあ」

「柏木さんに、前にきかれたせいかもしれないけど、ちょっと気になって。富沢さん
と同じクラスの子から、授業中居眠りして、先生に嫌味いわれたってききました」

「居眠り？」

「そう、なんとなく、生活乱れてるのかなって。よく遅刻するらしいし。あと、制服にしわがあったり。もちろん、目立つほどじゃないですけど」

「その子、突然、キレたりする?」

「それは、きいたことない。でも、担任の先生には、ちょっと反抗的なとこがあるみたいです」

「反抗的?」

「べつに面とむかって逆らったりするわけじゃないようですけど」

「何かあったのかな」

「っていうか、柏木、ほんとに友だちの友だちなのか?」

博貴にきかれて、悠人は少し狼狽した。

「どういう意味だよ」

博貴を軽くにらみながらも、美里には礼をいった。

夜道を歩きながら、今しがたきいた美里の言葉を反芻する。生活が乱れているって、どういうことだろう。それから、朱音の言葉を思いだす。手伝いなんて、してない、といったが、あれはどういう意味なのだろう。買いものをして、妹の世話をし

て、それが手伝いではない、とは。

昼間、母親が病気だと告げた。けれど、夜は、いつもどおりだといっていた。

「まてよ?」

思わず声が出た。つまり、母親は、いつも病気、ということなのだろうか。詮索したところで、ほんとうのことがわかるわけはない。悠人は立ちどまって首を横にふる。目の前に続く暗い夜道を見すえる。むしょうに胸がざわついた。

土日をはさんだので、悠人が坂和公園にむかって走るのは、四日ぶりだった。この日は、どんよりと曇った日で、頬をなでる風が湿気をふくんで重く感じられた。雲が広がっているせいか、夜空がやけに白っぽく見えた。

公園に足をふみいれるとき、悠人は自分が緊張しているのを意識した。ブランコに近づいていったが姿がない。が、ゆっくりと頭をめぐらしてすべり台の上に目をとめる。朱音は縮こまって体育座りをして、空を見上げていた。

ことさらに足音を立てて近づいていくと、朱音は、立ちあがった。おもむろに手を上げたので、とびおりるのかと思ったが、かがんで足をのばすと、すべりおりてきた。

「とべないよね、鳥じゃないから」

朱音はかわいた声で笑った。前は、とびおりたのに。まるで、羽がもがれたとでもいうようではないか。だまっていると、また朱音が口を開いた。

「何もかも捨てて、逃げだしたくなることとか、ある？　なんのために、生きてるのかな、なんて考えたり」

重たいことをいっているのに、なぜだか朱音の口もとにはうっすらと笑みがうかんでいる。けれどそれは、ほんとうの笑顔にはほど遠い。まるで表情のない仮面が口角だけ上げたような顔だった。悠人は、朱音から視線をはずして、つぶやく。

「……あるよ」

それから、視線を朱音の目にもどす。そのとたん、最初に朱音に声をかけた日、ほうってはおけないような気がしたことがよみがえる。たぶんあのとき、自分の思いに重なるものを直感的に感じたのだ。

「べつにさ、すごくこまってるわけじゃねえけど。父親は女つくって、出てっちゃってさ。家は貧乏だけど、だからって、食ってけねえってほどでもねえし。兄貴の出来がよくて、いつも教師や親戚にくらべられたってさ、友だちがいないわけじゃねえ。たぶん東高には受かるだろうし。東高なら、そこそこだろ」

そんな言葉をはきだしながら、自分は何をいっているのだろうと、思った。知りあってまだ半月もたたない、名前以外、ほとんど何も知らない女子を相手に？　そう思いながらも、悠人は言葉を押しとどめることができなかった。

「兄貴がさ、おまえはずるいっていうんだ。おれにいわせりゃ、ずるいのは、あっちだよな。みんないいとこもってっちゃってさ。うちは、兄貴を中心にまわってるんだ。母親とかも、兄貴にしか興味もってねえし。おれが、突然消えても、だれもなんも感じないだろうな。正直、自分が、存在する意味、わかんねえんだよな」

はきだすような言葉。自分でも驚いた。こんなことを口にするなんて……。でも、ほんの少しだけ、気持ちが高揚する。

しばしの沈黙のあとで、

「……わたしは……」

と、朱音はためらいがちに口を開いたが、すぐにきゅっと唇を結ぶ。

「いえば？　ほかに、だれもいねえし」

「……わたしは、いなくなんて、なれないんだ。わたしがいなかったら、うちが、こ

われちゃうから」

「こわれ、ちゃう？」

「会いたくなかったよ。昼間になんか」

「この前のこと?」

「そう。だれかに見られたくない。主婦みたいに、買いものしてるのなんて。たいへんだね、なんていわれたくない。妹をかわいがって、やさしいお姉さんだね、なんて。何もわかんないくせに。和花のことだって、どなっちゃうんだよ。だって、わたし。ツインテール、結んでやるのに、気に入らないってぐずるから、いらいらして。テレビとか、見てないし。アイドルとかも、わかんなくなっちゃってる。おしゃれとか、できないし。やさしくなんかない。宿題だってできない日がある」

「………」

「………」

「帰らなくちゃ」

「富沢さ……」

朱音は、そういうと、背をむけて歩きはじめる。その背中を少しのあいだ見送っていたが、悠人はあわててあとを追った。

「へんなこと、いっちゃった。忘れていいよ」

「……お母さん、ずっと、病気なんだね」

返事はなかった。でもたぶん、あたったようだ。

「お父さんは？」

「名古屋。単身赴任中」

それ以上、何もきけなかった。坂和ヒルズが見えてきたとき、ぽつりと冷たいものが頬にあたる。

「雨だ……」

ついそうつぶやいたのは、沈黙にたえられなかったからかもしれない。悠人は、そっと息をはく。やっぱり、きかなくては。

「手伝いなんて、してないっていったよね」

「…………」

「それって……」

「家事の手伝いじゃなくて、家事なんだよ」

朱音は、抑揚のない声でそういうと、建物の方に走っていった。にわかに、雨脚が強くなった。でも、走りだすことができなかった。

ようやく、朱音の秘密が明かされたような気がした。

悠人は歩きながら、朱音が口にした言葉を思いうかべる。——テレビとか、見てないし。アイドルとかも、わかんなくなっちゃってる。

テレビ番組をネタにもりあがる女子トークにも、すんなり入れないのかもしれない。でも、そのことを口にはできずに、笑ってごまかしているのだろうか。それだけならまだしも、勉強もとどこおりがちになるし、遅刻してしまうことも、つい居眠りしてしまうこともあったとすれば？　学校では事情を知らない周囲から、生活が乱れている、と思われて。しかも、母の病気の心配をしながら。

朱音はずっと、そんな日々をすごしてきたのだろうか。

いつだったか、寝不足だといっていたのは、家の手伝いがたいへんだったせいなのかもしれない。いや、手伝いではないのだ。そんなお手軽なものではない、ということなのだ。

空を見上げると、ちょうど雨粒が目に入った。悠人は、晩秋の冷たい雨にぬれながら、歩いて家に帰った。

ぬれたままダイニングに入ると、

「あら、雨なの？」

と母がいった。テレビがついていたせいか、雨音に気づかなかったようだ。画面は、にぎやかなお笑い番組だった。

「今、お風呂、直人が入ってるから」

すぐには入れない、ということだろう。むすっとした表情で、

「テレビ、見てないなら、消せば？」

という。

「見てるわよ」

「ばかばかしい番組？」

「だからでしょ。気分転換がいるの」

それには応じないで、部屋にひっこむ。ぬれたジャージーをぬぎすてて、ねまき代わりのスウェットに着替える。

今ごろ、朱音は何をしているのだろうか。

最初は、同類かと思った。だから気になった。坂和ヒルズの住人であることを知ったときは、がっかりした。でも、朱音が今かかえている状況は、悠人の想像をこえてきびしそうだった。

父親が単身赴任中だといっていた。家族はほかに妹。つまりは、朱音が母の看病をしているということなのだろう。母親の病気がどの程度のものなのか、いつからなのかはわからないが、悠人と出会ったときには、すでに病気だったはずだ。とすれば、もう一か月以上になる。いや、もっと前からかもしれない。

悠人は、自分がひどく甘えたことを口にしてしまったような気がしていた。でも、嘘をいったわけではない。本気だったのだ。あの瞬間、わかりあえるんじゃないかと、そんなふうに感じた。鳥じゃないから、という言葉をきいて、悠人も同じようなことを考えていたと思ったのだ。

翌朝、目が覚めたら、喉がひりひりした。しかし、悠人はそのことは母にも告げずに登校した。ところが、時間がたつほどに身体がだるくなってきた。どうやら本格的に風邪をひいてしまったようだ。ほうほうの体で家に帰ると、そのままベッドに潜りこむ。

鼻水がとまらなくて、あっという間にゴミ箱がティッシュの山になった。

六時過ぎに母が帰ってきたので、今日は、塾に行かないと告げるために、ダイニングに行った。ひどい声だったので、説明はいらなかったようだ。

「夕飯はどうする?」

「塾弁でいい」

「じゃあ、レンジで温めたらいいわ」

悠人は、いわれたとおり、レンジで温めて、先に食べることにした。食欲はなかっ

とは、思いもしなかっただろう。

兄が帰ってきたのは、ちょうど悠人が食べおわったときだった。

たが、無理につめこむ。ハンバーグに卵焼き、サラダ……。

「塾じゃねえの?」

と、母が説明する。

「風邪ひいたみたい。昨日、雨にぬれたからね」

「バカじゃね?　たるんでんだよ。期末前だろ。内申点だって影響するのに」

「うるせえ」

低い声で答えたが、鼻声のために妙に軽くひびいた。

「受験なめんなよ。弟が、東高も落ちたなんて、はずかしくていえねえだろ」

「だれかが、長風呂で、すぐに風呂に入れなかったからな」

悠人は、そういうと立ちあがり、シンクに弁当箱をおいて、部屋にひきあげた。

はずかしくて?　兄は、悠人のことを恥だというのだろうか。

「もう、無理なんだな」

天井を見ながらつぶやく。もう、昔にはもどれない。自慢だった兄は、今となって

はうっとうしいだけだ。幼いころの悠人は、まさかふたりの関係がこんなふうになる

どれくらいたったろうか。　ふすまを軽くノックされて、

「入るぞ」

という声がした。　悠人が返答する前に、ふすまが開いて、直人が入ってきた。

「薬ぐらい飲めよ。　かりにも受験生だろ。　ここ、おいてくから」

悠人が半身をおこす。　直人は、感冒薬の箱と水を入れたコップを、机においた。

「おふくろ、心配させんなよ」

おれのことなんか、心配するわけねえよ、といったら、兄はなんというだろうか。

さすがにそうはいえずにだまっていると、直人が意外なことをいった。

「送金が、減ってるらしい。　親父からの」

「えっ？」

「悠人にはいうなって。　けど、三人でがんばるしかねえだろ」

「…………」

「いいよな、次男坊は、気楽で」

直人はそれだけいうと、部屋から出ていった。　だれが気楽なものか。　内心で、そう毒づきながらも、悠人は薬の箱に手をのばした。　こじらせるわけにはいかない。　こじらせたら、走れなくなる……。

6

一日学校を休んだ悠人が登校すると、渉がすぐに歩み寄ってきた。

「風邪だって？　めずらしいな」

「油断した」

と笑いながら、教室内を見回す。始業時間まで間があったためか、まだ半分も登校していなかった。

「なんか、まだ鼻声じゃん。だいじょうぶか？」

「たるんでるってよ、兄貴が。こええの」

どさっと鞄を机におきながら、冗談めかしていってみる。

「さすがきびしいなあ。一高の秀才は」

「渉は、いいよな、ひとりっ子で」

「ひとりっ子はひとりっ子でたいへんなんだぞ」

「くらべられたりしないだろ」

「でも、全部背負わなくちゃいけねえし。親のこととか」

「そんな先のこと……まさか、親、病気とか?」

ついそんな言葉が出てしまったのは、朱音のことが頭をよぎったからだ。

「まさか。ぴんぴんしてるよ。けど……ばあちゃんが、病気のときはな」

「ばあちゃんって、同居?」

「死んだ。三年前に、肺炎で」

「そうか」

渉とはちがう小学校だったので、これまで、祖母の話をきいた記憶はなかった。

「親父の母親だったんだけど、うちの親って、結婚がおそくて、ばあちゃんも八十近くてさ」

「同居してたのか?」

「うん。じじいの方はおれがまだガキんときに、病気で亡くなってて、ばあちゃん、西多摩のマンションでひとり暮らしだったんだけど。脳梗塞でたおれて、うちにひきとった」

悠人は、自分の祖父母を思いうかべる。母の両親は、秋田で伯父夫婦と同居しているが、二年ぐらい会っていない。小学生のころは、夏休みにおとずれたりしていたが、直人が高校受験した年から、それもやめてしまった。父は東京生まれの東京育ち

だったが、父の両親は退職後に郷里の岡山にもどった。今は祖母がひとりで暮らしているが、母と父が不和になってから、物理的な距離以上の距離を感じるようになっている。

「おれは、祖父母って、あんまり身近じゃなくて、よくわかんねえな」

「けど、いつどうなるか、わかんねえよ。今、すげえ高齢化社会だろ。哲矢んとこなんか、ひいばあちゃんの世話、ばあちゃんがしてるらしい。認知症とかも、ふえるだろうし、だれにとっても無関係でいられなくなるかもな」

いつになく、まじめそうな表情で渉はいった。悠人がだまっていると、

「家に病人がいるって、きついよ」

と、渉はつぶやいた。

「手伝いとか、した?」

「手伝いっていうより、役割? 家の仕事の中で、おれの役割ってのがきっちりあった。あと、車椅子、ちゃんと押せる自信あるよ」

からっと渉は笑ったが、役割だといった言葉が、頭にこびりつく。朱音も似たようなことをいっていた。手伝いではない、と。

渉の祖母のことは、ちょっとしたなりゆきできいてしまった話ではあったが、悠人

は少なからず衝撃を受けていた。陽気でひょうきんで、なんの心配ごともないやつ

……ずっとそう思って接してきた。だからある意味、気が楽でもあったのに、小学生

のときにそんな体験をしていたとは。人は見かけによらない、というのはほんとうな

のかもしれない。だれだって、渉にしたところで、悠人の家庭については何も知らな

い。もっとも、わざわざ暗い話などしたくないし、ききたくもないのだから。

家に病人がいるというのは、どういう感じなのだろう。唇をかみしめた悠人を見

て、渉が怪訝そうな顔をむける。

「悠人のじいちゃんかばあちゃん、どうかしたの?」

「あ、いや、そうじゃなくて。知り合いの子が、親が病気らしくて」

「親か……たいへんだよなあ」

「車椅子、押せるって、いったろ。おれ、やったことねえし」

「おれ、ガキのわりには力あったし、けど、友だちと会ったりするの、やだったな」

そのとき、チャイムが鳴って、ふたりはそれぞれの席にむかった。

その日の下校時、渉といっしょに学校を出た悠人は、

「朝の話だけど、渉がそんな思いしてたなんて、知らなかった」

と告げた。

「ばあちゃんのこと?」

渉は悠人がうなずくのを見て、おもむろに口を開く。

「中学に入ったのは、亡くなったあとだったし。でも、あのころの同級生には話して

ないよ。いちばん仲よかったやつにも、なんだかいいづらくて、いえなかった」

どんなに親しくても、いえないこともある。悠人が、父の不在を学校の友人のだれ

にも話してないように。そのことを知っているのは、朱音だけだ。

「クラスのやつらが、あたりまえにやってること、できなかったし」

「できなかったって?」

「サッカーの練習に行けなかったり、好きなテレビ、見られなかったり。Jリーグの

結果とかは、朝、親父にきいてた。じゃないと、学校で話についてけねえし」

テレビのことは、朱音もいっていた。今は受験前なので、悠人はほとんどテレビを

見なくなったが、スポーツにしろ、お笑い番組にしろ、学校で話題になることはまま

ある。そんなとき、たかがテレビネタとはいえ、話題にまったく加われなければ、疎

外感を覚えるかもしれない。

「結果だけは、押さえておくって感じ?」

「まあな。けど、おれ、こんな話したの、はじめてだよ。あのころは、なんか、まわ

りからとりのこされる感じがあってさ。もう、過去の話だけどな。だから、いえるん
だけど」

「認知症とかは、なかったのか？」

ずいぶん前のことだが、認知症の老人が線路内に立ちいって死亡し、高額の賠償金
を請求され、裁判になったという事件があった。そのことを、両親が話題にしていた
のを、ふと思いだしたのだ。それに、高齢化社会が進み、認知症患者もますますふえ
ているということは、敬老の日にもニュースになっていた。

「……あったよ。いつだったかな、ばあちゃん、いなくなっちゃって、おれもチャリ
でさがしまわってさ。そんとき、同級生にばったり会って。どこ行くんだ、ってきか
れて、適当にごまかして。そのあと、一度、親にむかってブチキレた」

「キレた？」

「なんで、おれがばあちゃんの面倒みなきゃいけないんだよ、って。おれはまだガキ
だったからさ。キレたって、まあ、しょうがねえなって、親も思ったみたいだった。
親の方が、あやまったりなだめたり、必死だった。今思うと、おふくろに悪かったな
あって。おふくろは、パートやめたし。それなりに、やりがい感じてた仕事だったみ
たいだけどな。今は、復活してはりきって働いてるからいいんだけどさ」

悠人は、渉の母親を思いうかべる。明るく、さっぱりした印象の人だった。渉が自分にくらべて母との関係がよさそうなのは、ともに介護をになったからだろうか。考えこんでいると、また渉が口を開いた。

「うちのばあちゃんの認知症は、脳梗塞がひきおこしたらしくて、まだらに症状が出るっていうか、正直、それもきつかったな」

「まだら?」

「おもろいばあちゃんだったんだよ。けっこう長く、塾の先生やってたらしくて、勉強教えるのが上手で。そんなばあちゃんが、だんだん、こわれてくみたいで。汚れもの、かくそうとしたり。あと、ものがなくなったとか、盗まれたとかってさわいだり、あちこち電話して、おふくろの悪口いったり」

「それは……まわりもたいへんだったろうな」

「そんなことしかいえない自分がなさけない。それにしても、病気は気の毒だが、面倒をみて悪者にされるなんて、つらすぎる。

「今思えばさ、やっぱりいちばんかわいそうだったのは、ばあちゃんだったかなって」

「えっ?」

悠人は思わず渉の顔を凝視した。渉は、自分がつらい目にあっても、祖母をかわいそうだったといった。いつもどおりのどこかのん気そうな表情で。

「しゃんとしてるときもあってさ。そういうときは、自分を責めて落ちこんじゃって。いっそずっとぼけてた方が、ばあちゃんも楽だったんじゃないか、とかってあとになってから思った」

「……なるほど」

自分をコントロールできない状態。想像もつかない。けれど、気づかないうちにへんなまちがいをして、あとで知ったときの苦さなら、悠人にも経験がある。現に、こんな体験をしていた渉に対して、やさしい親に愛されて育った苦労なしだと思っていたし、もしかしたら、気楽でいいな、ぐらいのことをどこかでいってしまったかもしれない。

「だれも責めることなんて、ほんとは、できないだろ。病気なんだから。だけどさ、こっちも、それをかわいそうって思えるほど、おとなじゃなかったしな。なんでもっとやさしくしてやれなかったかな、って、今は思う」

渉は、遠い目をして上空を見る。渉の後悔をにじませた言葉をききながら、まだ小学生だった渉が負い目を感じる必要はないのではないか、と思ったが、口にできなか

った。無言のまま、つられるように、悠人も視線を追う。だいぶ葉の落ちた欅の枝の

むこうに、すっきりと晴れた青空が広がっていた。

悠人がランニングを再開したのは、四日後だった。坂和公園に着いたとき、すでに

朱音は来ていた。当初の定位置、ブランコにもどっている。

かすかな足音に朱音が顔を上げる。悠人が近づいてくるのがわかったのか、はじか

れたように立ちあがった。

「しばらく」

軽く片手を上げて、笑いかけると、朱音は一瞬顔をゆがめた。

「もう、来ないかと思った」

「風邪ひいた。このあいだの雨で」

「……だいじょうぶなの?」

「じょうぶだけがとりえだからな」

といって歩きだす。朱音は何もいわずに隣にならんだ。

「ちゃんとききたいって、思ったんだ。家のこと」

「⋯⋯⋯⋯」

「無理に、ってつもり、ないけどさ」

「わかってる。柏木さん、やさしいから」

「そんなことねえけど。いえないのかな、って。友だちとかには」

「だね」

「もう、どれくらいになるの?」

「十か月ぐらい、かな。入院してた時期、あわせると」

「そんなに長く?」

悠人は思わず眉を寄せた。

「一年前とは、何もかも、かわっちゃった。突然」

一年前。まだ朱音の母親は病気になっていなかった。それなのに、たったひとつの石でオセロの盤が一気にひっくりかえるように、暮らしがすっかりかわってしまった。

ス部だった。家事をしたり、妹の面倒をみたりする必要もなかった。朱音は橘花学院に通い、テニ

「わたし、今、半分主婦なんだよ。買いものして、和花にご飯食べさせてお風呂に入らせて、明日の準備させて、和花が寝てから、毎日、息ぬき」

「それが、今?」

と問うと、また小さくうなずく。

「話とか、あわなくなっちゃって。友だちとも。でも、あわせるしかないでしょ。重すぎるもの。授業中、居眠りしそうになったって、自分で自分、笑ってみせるしかない」

「おれが、きくから」

朱音が、足をとめた。それから、悠人を見上げる。

「……なんで?」

「なんでって、だって、これも、縁ってやつかなって」

「そうじゃなくて。だって、わたし、もう、話しちゃってるし」

そのとき、朱音の瞳からすーっと涙がひとすじ流れた。悠人は、ばしかけたが、ふれる前にひっこめた。

「べつに、よこしまな感情じゃねえし」

「わかってる」

街灯に照らされて、頬の涙が光った。悠人はゆっくり歩きだした。もう坂和ヒルズは目の前だった。

「だから、おれ、何もできないけど、きくしかできないけど」

「でも、柏木さん、受験生だよ」

「だから、この時間だけ。この十五分が、おれと富沢だけの時間だから。じゃあな」

というと、悠人は、後ろをふりかえらずに走りだした。身体がかっと熱くなった。いってしまった。そのことに後悔はないけれど、むしょうに気はずかしかった。

自分が口にした縁という言葉を考える。あの日、たまたま坂和公園まで足をのばして、朱音と出会った。今ならば、腑に落ちることがいろいろある。重いため息も、つらそうな表情も。だれにも祖母の病気のことを話せなかったという、渉の言葉が頭をかすめる。ならばせめて、今、渦中にある朱音の話はきいてやりたい。縁なのだから。

家に帰ると、母がダイニングテーブルに頬杖をついて、新聞を見ていた。

「ただいま」

「もう、風邪ひかないようにしてよ」

「わかってるよ」

いらっとしたが、それをおさえて水を飲む。母がふっとため息をつく。見ると、疲れたような顔をしている。

「親父からの送金、減ってるって？」

「あんたはそんなこと気にしなくていいの」

「おれだって、家族だろ」

「あの人も、いろいろたいへんなの。景気が上向きなんていっても、小さい会社には関係ないからね。元気で働いてるだけでよしとしなくちゃ」

父が家を出ていったときに、冷ややかに、だが有無をいわせずに条件をつきつけた母の言葉としては、少し意外な気がした。

「もし、病気とかになったら、たいへんだろうな」

「えっ？」

母が、はじめて顔を上げて、まじまじと悠人を見た。

「あ、その。新川……クラスのやつが、小学校のとき、脳梗塞のばあちゃんが同居してたって。三年前に、肺炎で死んだって」

「誤嚥性の肺炎かしらね。多いのよ」

「車椅子を押してやったり。あと、家事の分担もあって、たいへんだったらしい」

「これからがたいへんね、この国も」

いきなり母の口からとびだした、国という言葉に、面くらう。

「日本が、ってこと?」

「日本だけじゃないでしょうけど。高齢化の先進国でしょ。介護が家族の負担になるという状況はますますふえるでしょうし。でも、なかなか対策が現実に追いつかない。いろいろ問題がある」

「問題って?」

「老老介護の家庭もますますふえるでしょうし」

「ロウロウ?」

「たとえば、七十歳以上の人が九十歳、百歳の親を介護するとか」

「ああ、それか。そういえば、中井の家では、ばあちゃんがひいばあちゃんの世話してるって」

「そうね。親子でなくても、老夫婦の片方が、病気をかかえながら、認知症のパートナーを介護するといった例も、すでにいくらでもある。介護って一筋縄ではいかない面もあるしね」

母の言葉が今ひとつぴんと来なくてだまっていると、母がまた口を開く。

「たとえば、介護保険の認定。状況に応じて、七段階に分けられるのだけど、他人の前では、気がはっているのか、ふだんよりしゃきっとしてたり、元気そうにしてしま

う人がいるって、きいたことない?」

朱音の家は、母親が病気なのだから、高齢化とは関係ないと思いながら、

「さあ」

と首をひねる。どのみち、高齢者を身近に見ていない悠人には、実感がわかなかった。

「その結果、正しい診断がされないで、家族がたいへんな思いをする。家族に病人がいることを、人には話したがらない人もいる。それが、認知症だったり、精神疾患だったりすればなおさら。でも、だからこそ、ほんとうは援助が必要なんだけどね」

「新川のばあちゃん、認知症もあったみたいで、でも、友だちとかに、話せなかっていってた」

「つらかったでしょうね。まだ小学生だったんだから」

「今は、明るくしてるけど」

「でも、朱音はちがう。現在進行形だ。

「そのお友だちみたいな子ね、ヤングケアラーっていうのよ」

「ヤング?」

「ヤングケアラー。十八歳未満で、家族の世話や家事をしている子ども」

「へえ？　はじめてきいた」

「まだ、知らない人も多いんじゃないかしら。DVや、貧困問題なんかにくらべて、報道も少ないから」

非常勤の公務員として働きはじめて六、七年になる母は、今、福祉関係の部署にいるはずだ。それでこういうことも知っているのだろうか。

「新川くんみたいに、小学生で……場合によっては、低学年の子でも、家族のためになんらかの働きをしていることもあるの」

「そうなんだ」

「母子家庭で、母親が病気というケースもある。それで、生活もとても苦しいような家庭ね。精神的な病気だったら、まだ小さな子ども……小学生の子が、何年にもわたって、親を元気づけているようなこともあるそうよ」

「精神的なって？」

「鬱病とか、統合失調症とか、パニック障害とか。心の病気とされるものもいろいろある。でも、ケアにたずさわっている子どもがどれくらいいるのかは、なかなか、実態がつかめてないみたいなの。これからますますふえる可能性があるのに、全国規模の調査もされてないみたいだし、そもそも、介護行政でも、子どもが介護にたずさわることが

「想定されてないでしょ」

「どういう意味？」

「働いている人は、介護休暇が制度として認められている。でも、子どもは？」

「そっか。学校休んでも、出席あつかい、なんてことにはなんねえよな」

「新川くんのおばあさんは、介護保険の認定はどうだったのかしらね」

「さあ。けど、その介護保険ってのは、年寄り向けのものだよね」

「高齢者だけじゃないわよ。特定の病気の場合は、四十歳以上なら、受けられるはずよ」

朱音の母親は何歳なのだろうか。

「四十歳より下は？」

「介護保険の適用外。難病などは、いろいろ手当があるでしょうけど、そうしたケアは、自治体によってもちがうんじゃないかな」

「へえ？」

「介護は、たいへんよ。それが突然だったりしたら、家庭のあり方が一変してしまう。おとなだってまいってしまうこともあるのだから、ましてや、それを子どもがになうというのは……」

母は、眉を寄せた。

「秋田のばあちゃんは、だいじょうぶ?」

「認知症とか? 今のところ、その心配はなさそうよ。まあ、いつなんどき、そうなるかはわからない。防ごうとして防ぎきれるものじゃないし。でもまあ、兄さんたちがついてるから」

「ならいいけど」

悠人は、柔和な祖母の笑顔を思いうかべる。——悠人は、やさしい子ね……。兄に対してのように賢い子ね、とはいえなかったのか、とも思うが、それでも、自分と兄をべつの個性として見た上で、いちばん平等にあつかってくれるのは、秋田の祖母かもしれない。

自分の部屋にもどってから、悠人は母との会話を反芻する。ほんの五、六分のことだが、これだけ母と言葉を交わしたのは、ずいぶん久しぶりのような気がした。

「ヤングケアラーか……」

母に教わった言葉をつぶやく。

どうしたら、朱音を元気づけることができるだろう。

父親が単身赴任といっていた。もしかしたら、週末にはもどってくるのだろうか。

だとすれば、今度の土曜か日曜、時間がとれないだろうか。いっしょに、勉強しようといってみよう。来週には期末テストがあるし、中間悪かったと、いつか友だちに話していたではないか。中二の勉強なら、悠人が教えてあげればいい。自分の復習にもなる。そう思いつくと、にわかに元気が出てきた。

昼間、会う。ちゃんと会う。朱音の笑顔が見たい。もし、休みの日に会えるとしたら、朱音はどんな格好で来るだろう。自分は、何を着ていこうか……。

考えているうちに、なぜか動悸が高まる。身体もなんだか熱を帯びてきた。

その熱をふりはらうように、二、三度頭をふってから、悠人はようやく英語の問題集を開いた。

7

「何かあったのか?」

哲矢にそうきかれたのは、母からヤングケアラーという言葉をきいた二日後。夜、また朱音に会うことになっている日の放課後だった。

「何かって?」

「どういったらいいのかな、何か、いいことあったのかなって」

「いいことなんて、べつになんもねえよ」

「カノジョができたとかさ」

「そういう……わけねえだろ。この時期」

思わず、そういうんじゃない、といいそうになった言葉をいいかえる。これまで何度となく思った言葉。けれど、そういうんじゃないと口にしてしまったら、なんらかの存在を認めたことになる。

そもそも、朱音は、自分にとってどういう存在なのだろう。

そんな思いをかかえながら、夜、悠人は公園にむかう。着いたのは悠人が先だった。朱音が来るまでのあいだ、妙に緊張してしまった。そして、まつ時間は長い。

やがて、朱音が小走りに近づいてくる。

「おそくなっちゃった」

といわれて、実際にふだんよりおそい時刻になっていたことに気づいた。

「妹が、寝てくれなくて」

さりげなく口にされた言葉だけれど、朱音のシビアな現実に、心が痛くなる。

「たいへんだな」

もっと気のきいたことをいえればいいのに。

「だいじょうぶ」

小さいけれど、きっぱりとした声だった。スーパーでばったり会ったとき、朱音の後ろにかくれるようにしてうつむいていた少女を目にうかべながら、悠人はきいた。

「小二だったっけ？」

朱音は、こくっとうなずいて口を開く。

「まだ小さいのに、母に甘えられなくて、かわいそうだけど、つい、いらついて、怒って、自己嫌悪」

それはしかたがないのではないか、朱音は十分がんばっているのだから、と思うが、言葉にしない方がいいような気がして、

「でも……かわいいだろうな」

というと、少し間をおいてから、言葉が返ってきた。

「……かわいいよ」

悠人は、行こうか、というふうにあごを動かして、歩きだす。公園を出たところで、悠人は思いきって切りだしてみた。

「あのさあ、お父さんって、週末、帰ってくるんだよね」

「うん。すごくいそがしいときは、帰れないことも、あるけど」

「じゃあ、日曜とかなら、外、出られない?」

「外?」

「ほら、期末も近いし。図書館で、いっしょに勉強しないか?」

「…………」

「もしも、もしもだけど、ちょっとわかんないとことかあったら、おれ、教えられるかも。受験勉強してるから、復習にもなるし」

朱音は、だまったまま空を見上げる。

「〈冬の星座〉、っていう歌、知ってる?」

「えっ?」

朱音は、小さな声でうたった。

「きいたこと、あるかな」

「この歌の中に、〈ものみないこえるしじまの中に〉という歌詞があって、小さいころ、ぜんぜん意味がわからなかった」

朱音が口にした言葉には、うたうというのとはちがうが、抑揚があって、悠人は一語一語の音のつらなりを、頭の中で「もの皆憩える」と変換する。

「たしかにむずかしいかも」

と、話の先が見えないまま、悠人は応じた。

「ほんとうに、夜がそうだったらいいのに」

反実仮想だ。現に、朱音自身が憩えるわけではない。悠人だって同じではないかと思いながらうなずく。

「……そうだな」

「日曜はね、家族といっしょにいたいから。できるだけ。せっかく家族がそろう時間だもの。それに、お母さん、お父さんがいると、ふだんより元気なの。元気で、声が明るいお母さん、見ていたい」

「……そっか」

「でも、ありがとう」

「お母さんのこと、もう少し、きいても、いいか?」

「……」

「ずっと、病気っていってたけど、どういう病気なの」

返事はなかった。そのまましばらく、ふたりはだまったまま夜の道を歩いた。曲がり角に来たタイミングで、ようやく朱音は口を開く。

「お母さん、去年の夏から、仕事再開したの」

「仕事?」

「そう。もともと、仕事をしたいとは思ってたらしいけど。マンションのローンも残ってたし。ただ、まだ和花……妹が小さかったから。高学年になったら、っていつもりでいたんだけど。ちょうど知り合いの人から、働かないか、って声がかかったの。最初は、アルバイトだったんだけど、ゆくゆくは正社員になれるかもしれないって、けっこうはりきってた。でも……。去年の十二月に、会社でたおれた」

「たおれた?」

「……くも膜下出血って知ってる?」

「きいたこと、ある。たしか、脳の血管の病気だよな」

「少し前に、芸能人がその病気になったというニュースを見た覚えがあったのだ。朱音は小さくうなずいた。

「たおれたのが会社だったから、あとから考えればかえってよかったのかもしれない。すぐに救急車で運ばれたから。手当てがおくれると、死んじゃうこともある病気」

「…………」

「…………」

「二か月半ぐらい、入院したかな。脳の病気って、後遺症が残っちゃうんだよね。半身が麻痺したり、あと、うまくしゃべれなくなっちゃったり、記憶の障害があったり。たおれてからすぐに、田舎からおばあさんが来てくれて、助けてくれた。でも、二月に、今度はおじいさんがたおれちゃって、おばあさん、田舎にもどらなくちゃいけなくなった。それで、わたし、坂和中に、転校することにした」

「転校?」

美里から前にきいて知っていたことだが、あえてきく。

「東京の、私立に通ってたの。でも、通学に時間かかるでしょ。家のこともあるし、和花の面倒もみなきゃいけないから」

「お母さんの病気は、よくなってるの?」

「リハビリは続けてたから。最初のうちは、すごくがんばってたの。でも、気持ちが情緒不安定っていうの? 調子がいいときは、家のことも少しはできるんだけど。麻痺が残っているし、人に会いたくないってこもってばかり。出かけるのは、病院に行くときだけ」

「それで、富沢さんが、買いものを?」

朱音が小さくうなずく。

「今まで、ふつうにできてたことが、できないっていって、すごくもどかしいっていうか、いらいらするっていうか。わたしにはその気持ちがちゃんとわかるわけじゃないんだけど、なんかとてもつらいみたいで。見てるのも……」

「しんどいな」

「もとのようになってほしいから、リハビリ、がんばろうってはげまして。でも、おばあさんが田舎に帰ったころから、鬱病っぽくなって、そんなときはもう、つらそうで……。寝てるしかないみたい。がんばれって、いえなくなっちゃったし。鬱病って、はげましちゃいけないって、おばあさんからもいわれてて」

「そうなんだ」

「今は、買いものと和花の面倒をみるのは、わたしの仕事。食事の支度や、掃除や洗濯も。全部じゃないけど」

「たいへんだったんだな」

そう口にしながらも、無意味な言葉でしかないと思った。

「でも、いちばんつらいのは、お母さんなんだって思うから。お母さんを助けたいから、家のことも、やるのはいいの。役に立ってると思うと、うれしい。元気にさえなってくれれば。ただ……時間がほしい」

　朱音は、きゅっと唇をかむ。これだけたいへんな思いをしていても、朱音は母のことが大好きなのだ。悠人の胸が少しざわつく。自分は、こんなふうに家族を思えるだろうか。

「おばあさんの話では、脳の血管の病気は、再発がこわいんだって。だから、気をつけないといけない。けど、気持ちの方も波があって。だから……自分のことがね、あと回しになっちゃって。和花の面倒もみなくちゃいけないし……勉強とか、時間がなくて」

　どういう言葉をかけたらいいかわからなくて、悠人はだまっていた。

　いつだったか、中間テストの結果がよくなかったと、友だちと話していたのを、悠人は思いだしていた。

「部活なんて、できるわけ、ねえか」

　以前、自分が口にした不用意な言葉が悔やまれた。

「ほんとは、テニス、続けたかったけど、それどころじゃなくなって」

「ごめんな」

　朱音は、小さく首を横にふった。

「わたしががんばるしかない。だって、逃げるわけにはいかないでしょ。けど……」

「けど?」

「お母さんのこと、元気づけないといけないと思うと、ときどき、疲れる。お母さんがなんでも悪い方に考えて、落ちこんでくときとか。ほんと、つらそうで、それ見てるの、つらい。でも、がんばれ、は禁句だし」

朱音は、ふーっと重いため息をついた。

「……だから、この時間が、息ぬきだったんだ」

「っていうか、何も考えたくないって思った。考えたら、なんのためにって思ったら、なんだかむなしくなりそうで……。ただ、頭を空っぽにしたいって。できないんだけど」

もしかしたら、朱音の息ぬきの時間をうばってしまったのではないだろうか。ほんとうはひとりになりたかったのでは?　はじめて見たときよりも、朱音の表情がいくぶん明るく感じられるといっても、それが、自分と話しているからだ、と思うほどぬぼれは強くない。朱音は今も、気をつかっているのだ。他人である悠人に。ひとりでここですごしていたとき、朱音は、だれに気がねすることなく、暗い顔でいられたのではないだろうか。と、そんなことを思いながらも、きけるはずもなく、悠人は、少し間をおいてから、べつのことをたずねた。

「学校の友だちは、今も、だれも知らないの?」

朱音は、こくんとうなずいた。

「やっぱ、いえない」

以前にも、朱音は、買いものしているときとか、会いたくないといっていた。その気持ちは、悠人にもわかる気がした。渉も、祖母の車椅子を押しているときに、友だちとは会いたくなかったといっていた。

「けど、おれには話してくれた」

「……学校が、ちがうから」

「だよな」

でも、それだけか?　悠人は心の中で、そう問いかける。

「ほんとうは、一度だけ、話そうとした。前の学校の……友だち。でも、たいへんそうだけどがんばってね、っていわれて、なんか、伝わらないなって感じがして。そういうことは、お父さんが考えるべきだよ、っていう子もいた。そりゃあ、そうかもしれないけど、そういわれても……」

「だよな」

「学校では、楽しそうな顔でいたい。そうでないと、まわりが白けるし。でも、とき

どき、思っちゃう。ささいなことできょうだいげんかしたとかって、きくと、なんか平和なんだな、って。っていうか、別世界だなって。なんていうか、たまにはゆっくり眠りたいなんて、いえないし。もちろん、学校で楽しいことだって、あるし。友だちも好きだし。けど、いつもどこかで考えちゃう。お母さんのこともだし、これからどうなるんだろうって」

「……先生には?」

「担任の先生は、お母さんが病気で入院してたことは、わかってるはず。けど、そのあとで、くわしいことは話してない。なんか、あんまりいいたくないっていうか。先生にあれこれ話すと、ほかの子に知られそうで。成績が下がったせいもあるんだけど、宿題やる時間がなかったときに、公立、なめてるの? っていわれた」

「ひでえな」

いるのだ、見当ちがいなことをいって、ぐさぐさこっちの気持ちを傷つける教師って……。

「昨日、お風呂、入れなかった。疲れて寝ちゃった。もう冬だからいいけど。夏だったら、汗臭いとかっていわれちゃうかもしれない。髪も、洗うのたいへんなんだから、ショートにした。去年まではずっとロングだったんだけど」

　朱音は、かわいた笑い声を立てる。泣いているような笑い方って、あるのだ、と悠人は思った。

「妹さんの面倒とかは?」

「……学校からの連絡とか、わたしが気をつけてないと。忘れものもさせたくないし。まだ二年生だから」

「そうか」

「和花も、かわいそう。わたしでは、無理っていうか、やっぱりお母さんの代わりは、できないから」

　そんなことまで、どうして気に病む必要があるのか。そう思っても、それは口にできることではなかった。

「あのな、富沢さんみたいなの、ヤングケアラーっていうんだって」

「え?」

「ヤングケアラー。十八歳未満で、家族のケアとかしてる子ども」

「へえ? そんな名前があるんだ。はじめてきいた」

　母親の話では、母子家庭で貧しい家の子が病気の母を支えている場合もあるといっていた。それにくらべたら、朱音の家は経済的には余裕がありそうだ。だからといっ

て、そんなことを口にしても、朱音にはなんのなぐさめにもならない。

「日曜、ダメっていうの、わかったから。けど、おれには話せよ。もちろん、いいた

くなかったら、いいけど。むかつくこととかでも、きくし」

すると、朱音は、すーっと息を吸うと、

「近所の人に、いつもお手伝いしてえらいわね、っていわれると、チョーむかつ

く！」

と、大きな声でいった。悠人に、というより、空にむかって叫んだのだ、と悠人は思

った。それでも、以前、悠人自身が、手伝いと口にしてしまったことがよみがえっ

て、口の中が苦くなる。

気がつくと、時間がずいぶんたっていた。もっとこうしていたい、もっとふたりで

歩いていたい。でも、それは不可能だ。自分だけではなく、朱音にとっても。

「もどろう。お母さんが、心配するといけないし」

「……うん」

そこから、坂和ヒルズの前までは、ほとんど口を開かなかった。

「じゃあ、またな」

と笑いかける。朱音も、小さく笑った。

「気をつけてね」

「走るから」

建物の中に消えるのを見送って、悠人は踵を返す。いっしょに勉強しようという申し出は断られた。でも、話してくれた。だから、きらわれているわけじゃない。

ふと、朱音のほんとうの笑顔が見たい、と思った。そう思ったとたん、いてもたってもいられない気持ちがして、悠人は、全速力でかけだした。

期末テストの結果は、かんばしくなかった。　結果表をボールペンのペン尻でたたきながら、担任の教師の入船護がいった。

「おまえ、柏木直人の弟だろ」

勉強不足だったことへの自覚はあった。体力づくりのはずのランニングは、朱音との散歩のために、時間が長くなっていた。だからといって、第一声がこれか、と思ったら、カッと血が頭にのぼった。あいつとは関係ねえだろ、とどなりたくなる思いをなんとかおさえる。こんなことでキレてどうする。なぜか、朱音の顔がうかぶ。このあいだ、なめてるのか、と教師になじられたといっていた。

「おれ、兄とちがって頭悪いから」

あえてへらっとした口調でいってみると、入船は眉を寄せた。

「おまえの兄さんは、国立の附属にだって行けたから、一高でも楽勝だったそうだよ。でも、手はぬかなかったときいてる。少しは見習え」

「すいません」

ぺこんと頭を下げる。ふがいないやつだと、思っていればいい……。

期末テストの結果に対して、母はとくに何もいわなかった。

「兄貴とくらべられて、大迷惑」

といってみると、意外な言葉が返ってきた。

「あんたはあんたでしょ」

だが、やはりそれも、自分に対する関心のうすさだと思ってしまう悠人だった。

8

十二月に入った。

「なあ、クリスマスとか、なんかイベントある?」

昼休み、渉が悠人の席に近づいてくると、哲矢が悠人と渉の顔を見ながらきいた。

「ケーキは、親が買うかな。あと、プレゼントくれたり」

渉がそう答えると、悠人も、

「そんな感じじゃね?」

と答えたが、親からクリスマスプレゼントなんてもらった記憶はない。ケーキを囲んだ覚えもない。せいぜい、小さいときにブーツの菓子を買ってもらったぐらいだ。

「おれさあ、クリスマス前の土曜に、東京行くんだ」

哲矢がにやにやしながらいった。

「あ、もしかして、カノジョと?」

渉がきいたが、答えはきくまでもない。ゆるんだ口もとが当たりだと、告げている。

「それがいたかったわけか」

悠人は笑ったが、カノジョという言葉から、つい、朱音を連想する。カノジョじゃねえけど、と心の中でツッコんで、なぜか少しせつなくなった。

「あーあ、世の中、不公平だよなあ。なんで、哲矢にいるんだよ」

渉がわざとらしくなげいたので、悠人は、それにつきあうように哲矢をいじる。

「余裕だよな。それで、入試に落ちたら、しゃれになんねえけどな」

「息ぬきも必要だろ。パンダ見たいっていうんだよ」

「その前に三者面談な」

悠人の言葉に、ふたりが顔を見合わせて、やなやつ、と同時につぶやいた。

走るときに上着はいらないが、朱音と歩くときには、さすがに上着なしでは寒いので、リュックにユニクロのコンパクトダウンを入れて坂和公園にむかう。朱音は、すでに来ていた。

「よお」

あえて明るい声でいって手を上げると、小さな笑顔が返ってきた。出会ったころは、こんなささやかな笑顔さえ見られなかったと思うと、それだけで悠人の気持ちははずむ。

「試験、どうだった?」

ときくと、朱音はかすかに首をかしげた。

「中間より、ましだったかな」

「それはよかった」

「柏木さんは?」

「担任からねちねち嫌味いわれた」

「わたし、邪魔してない?」

「ないない。絶対ない」

　首をぶるぶるふってみせると、朱音は声を立てて笑った。表情がいつもより明るい

ように感じて、自分でも笑顔を返しながら、悠人はきいた。

「なんか、今日、いつもとちがうんじゃね?」

「ちがうって?」

「声が、いつもより、元気っていうか」

　朱音は、少し驚いたような表情で悠人を見た。

「なんで、わかるの?」

「わかるよ」

「明日、お父さんが来るの。出張で、週明けまでいるって。だから、土曜日、友だち

と、クリスマスプレゼント買いに行く。久しぶりなんだ。学校以外で、友だちとすご

すの。ショッピングセンターで、買いものして」

「駅前の?」

「そう。あそこ、地下にフードコートがあるでしょ? あんまり広くはないけど。そ

こにある鯛焼（たいや）き屋さん、評判なんだって」

「へえ、じゃあ、おれも、その日、のぞいてみようかな」

悠人の言葉に、朱音は足をとめた。一歩先に出ていた悠人も歩みをとめる。そして、拒否されるかな、と不安な思いで、朱音の方をふりかえる。目があった。大きく目を見開いて悠人を見上げていた朱音だが、ふいにふわっとした笑顔が広がった。いい笑顔だ。

「偶然、会うんだよね！」

「偶然？」

「そう。ばったり会うの。だって、そうでしょ」

「で、おれは、どういう知り合い？」

朱音がうーん、というふうに首をひねっているので、

「小学校のときの、塾の知り合いってことにしようか。小さい塾で、だから、学年ちがくても、みんな知ってて、みたいな」

といってみた。

「それ、いいかも」

「じゃあ、おれも、友だちつれていこうかな」

「なんか、楽しそう」

朱音はまた笑った。つられるように口もとがほころぶ。うれしい。それなのに、なぜか胸が苦しくなる。

朱音の様子が伝染したように、はずんだ気分で家にもどると、母が冷ややかな声でいった。

「あんたに、健一さんから電話あったわよ」

「親父がおれに？　なんの用？」

「そんなの、わたしにわかるわけないでしょう。電話くれって」

「明日で、いいよな、もうおそいし」

母があえて反対しなかったので、悠人はそのまま部屋にひっこむと、着替えをもって風呂にむかった。

父はなんの用で電話をしてきたのだろうか。母にでもなく、兄にでもなく、なぜ、悠人に？

風呂から出たあとも、父のことを考えるともやもやした気分が消えない。だったら電話をしてしまえばいい、とも思ったが、やはりそんな気にはなれなかった。

「勉強だ、勉強」

あえて口に出していうと、悠人は社会の参考書を開く。母の前では気にもとめないような顔をしていたが、期末テストの結果を見て、ちょっとまずいな、と自分でも感じていた。

地理や歴史は、小さいころから関心があったので、苦労はない。けれど、公民にはあまり興味がもてなかった。三年になってからの社会科教師を苦手に感じたせいかもしれない。

説明文を目で追いながら、ふと、疑問が生じる。基本的人権の尊重というのは、憲法の三本柱のひとつというけれど、それって結局どういうことなのだろうか。それから、憲法で保障されている平等権。でも、周囲を見回してみて、今の社会がほんとうに平等だなどとは、とても思えなかった。

一九八九年には、子どもの権利条約が国連で採択された。実際に、子どもにどんな権利があるのだろう。生存権や、教育を受ける権利などが頭にうかぶが、現実には、虐待とかネグレクトとか、貧困とかで、生存がおびやかされている子どももいる。子どもの世界も、平等というわけではない。それなのに、子どもの暮らしは、親の状況に大きく左右されてしまう。子どもは親を選べない。

朱音の家は、貧乏ではないけれど、母親が病気だから、いろいろ家のことをやらなければならない。勉強時間がとれないといっていた。それって、教育を受ける権利をさまたげられているということにならないのだろうか。そもそも、なんで、朱音があんなにたいへんな思いをしなければならないんだろう。

そんなことを考えているうちに、悠人は、妙に腹立たしくなってきた。世の中、不公平だ。

なんで金持ちと、そうじゃない家があるんだろう。なんで、病人がいてたいへんな家と、そうじゃない家があるんだろう。うちの家計が楽じゃないのは自分のせいではないし、朱音の母親が病気なのも朱音のせいではないのに。

これまでも、世の中が不公平だと思うことがよくあった。それは、主には兄とくらべられたりした際に感じたことだった。けれど、今までとはちがった怒りのようなものが悠人の心にうずまく。この思いを、どこに、だれにぶつけたらいいのだろう。

翌日も父に電話をしないでいたら、十時過ぎに、父の方からかかってきた。電話が鳴ったとき、

「たぶん、健一さんだから、あんたが出なさい」

といわれて、しかたなしに受話器をとると、案の定、父からだった。

「よお、元気か」

「元気かって、なんだよ」

「おまえにわたしたいものがあるから、来週あたり、会えないか?」

「……おれ、受験生だし」

「わかってるよ。息ぬきも大事だろ。駅前のショッピングセンターのフードコートで会おう」

というと、父は一方的に日時を指定し、電話を切った。

「行くなんていってねえぞ」

悠人はそうつぶやいて受話器をおいた。

父が指定した場所には、二日後の土曜に、行くことになっている。朱音と「偶然」会うのだ。朱音には、友だちと行くと告げた。悠人は、渉を誘おうと思っている。が、まだ声はかけてない。都合が悪かったら、そのときはそのときだ。

昼休みに、悠人は渉をつかまえると、

「なあ、明日の昼、会わねえ?」

ときいてみた。

「会うって？　どこで」

「東高の受験対策っていうか、情報交換っていうか。本屋のぞいてさ。ショッピングセンターのフードコート、長居できるらしいし」

「男がふたりつるんで？」

もしも、女子と会うといったら、渉はふたつ返事で、行くというかもしれない。でも、そう告げるわけにもいかない、と思っていると、

「あ、おれ行ってもいいかも」

と、哲矢がわりこんできた。

「え？」

「クリスマスプレゼント、買いたい」

「カノジョへの？」

「それは、いいんだ。もう買ってあるし。弟向け」

「弟？」

「うん。いいよなあ、末っ子はさ。みんなにかわいがられて」

哲矢の弟は、たしか四年生のはずだ。ときどき話題にしているから、兄弟仲はいい

のだろう。経済的な心配もなく、カノジョもいるし、家族仲もいい。こういうやつを

リア充というのだろう。いや、表面的なことで判断してはならない、と思いなおす。それを

おさえて、

それでも、末っ子だからって、かわいがられるわけではないといいたくなる。それを

「じゃあ、一時ごろでいいか」

ときくと、渉も乗ってきた。

「なら、おれも行く」

　ショッピングセンターは、駅前にある複合施設で、地上六階地下一階のビルだ。中

には食品店から、衣料品店、書店、レコード店など、さまざまな店舗が入っている。

地下がフードコートになっていて、ハンバーガーショップや、カフェ、うどん屋など

がならんでいる。

　ショッピングセンターの入り口でまちあわせた悠人たちは、まず、玩具(がんぐ)売り場に行

った。哲矢が弟のために選んだプレゼントはけん玉だった。

「おれのお古、やったんだけど、使いこんで先が丸くなっちゃってさ。学校でもはや

ってるらしくて、今、夢中。おれよりうまいよ」

と、哲矢は目を細めた。

「あれ、検定とか、あるんだろ？」

「うん。受ける気まんまん」

「弟から、何かもらうの？」

「まさか。親からだけだよ」

「哲矢は、今年、親から何もらう？」

渉がきいた。

「そんなの、親が決めることだから」

「へえ、リクエストしないんだ。おれは、スマホ」

渉がにまっと笑った。そういえば、渉は前からほしがっていた。クラスでもすでに半分以上の生徒がスマホをもっている。学校にもってくることは原則として禁じられているが、こっそりもってくる者もいて、哲矢が、放課後にそっととりだしているのを見たことがある。

「悠人は？」

「スマホは高校になってから、っていわれた。兄貴もそうだったし」

きかれたのは、プレゼントのことだろうが、意図的に話をずらして答えた。

フードコートに着くと、ファストフードの店で飲みものだけ買って、四人がけのテーブルに座る。アリバイ的にもってきた、受験情報誌を広げて、

「東高の倍率、けっこう高いよな」

などと口にしてみる。

「悠人は余裕だろ？」

一瞬、どう反応したものかと考える。内心では、受験そのものについてはあまり心配していない。もし、一高を受けることにしたら、こんなに悠長にしていられなかっただろうが。とはいえ、そうもいえずに短く答える。

「いや、期末悪かったし」

「それでも、おれらよりいいじゃん」

曖昧に笑って、手を横にふりながら周囲をうかがう。朱音たちはいつ来るのだろう。

「哲矢は、カノジョに何あげるんだ？」

「んなの、人にいえるわけねえだろ」

「ちぇ、にやにやしやがって、むかつく」

と、渉がいったときだった。

「あれ！　柏木さん？」

少しかんだかい声がした。ふりかえると、少しはなれたところに朱音が立っていた。

「あ、富沢さんじゃん。すっげえ、久しぶり」

悠人も、びっくりしたようなそぶりでいったが、セリフを棒読みしたみたいだったかもしれない。朱音の後ろには、ふたりの女子が、だれだろうというふうに悠人たちを見ていた。

「だれ？」

渉が、悠人の耳もとできいた。

「あ、うん。えーと、小学生のころ、同じ塾だった富沢さんと……」

「あの、わたしたち、坂和中の二年生です」

朱音はにっこりと笑って、渉を見た。渉は、なぜかほんのりと顔を赤らめていった。

「おれらは、緑中の三年だけど」

朱音は、テーブルにのっていた受験情報誌のページに目をとめた。

「もしかして、東高、受けるんですか？　わたしもそのつもりだけど、ねえ、ひより

「うん、そうだけど」

朱音の後ろに立っていた、小柄な子が答えた。

「じゃあ、おれと柏木、再来年、いっしょになるかもな。おれ、新川渉。こいつ、中井哲矢は東京の私立志望だけど」

渉が、そういいながら、立ち話もなんだから、というふうに隣のテーブルから椅子をふたつひっぱってきた。

「わたしたち、ちょっと鯛焼き、買ってきます」

朱音が明るい声でいって、ジャケットを椅子にひっかけると、ほかのふたりも同じように椅子にコートをおいて、鯛焼き屋の方に、小走りでむかった。

「なんか、かわいいなあ」

哲矢の言葉に、すぐに渉が反応した。

「おまえ、資格ないからな」

「バカだな。そういうんじゃねえだろ」

「しかし、まさかこんなところで、昔の知り合いに会うとはなあ」

悠人はとぼけていったが、自分でもわざとらしく感じた。幸い、ふたりとも、すん

なりと悠人の説明を信じたようだったが。

やがて、笑い声を立てながら、はずむような足取りで三人がもどってきた。こうしていると、朱音は、なんの心配ごともない、女子中学生にしか見えない。だからこそ、余計に悠人の胸が痛くなる。

朱音の友人は、小柄な方が横山ひよりといい、ボブカットでメガネをかけている。背が高くて少しくせのあるショートカットの子は、久松桃子と名乗った。

「ここには、何しに来たの？」

悠人がきくと、朱音が下をむいて、小さく笑う。

「クリスマスプレゼント、買いに来たんです」

ひよりがはきはきと答えた。

「いいのあった？」

「うーん。やっぱ。下見になっちゃったね」

「けど、東高が志望って、頭いいんですね」

「頭いいやつは、一高に行くし。っていうか、きみたちだって、東高、目指してるんだろ？」

「ちがいますよ。ただの願望。だって、あそこ、校風が自由だってきいたから」

とひよりがいうと、すぐに、桃子が言葉をつぐ。

「あたしは、バスケの強い学校に行きます」

「バスケ部?」

「はい」

「坂和中のバスケって、けっこう強くなかったっけ」

哲矢がいうと、桃子はうれしそうに笑った。

「桃子は、新キャプテンなんです」

今度は朱音がいって、なぜか悠人を見てにっこり笑った。

「おれ、テニス部だった」

「へえ? いいですね」

「哲矢は、テニス部の後輩とつきあってるんだ」

涉がばらすと、少しだけ、哲矢はいやそうな顔をした。

「いいなあ、つきあう人がいるって。あたし、背が高いから、けっこう男子に敬遠されちゃう」

桃子がぼやくと、すぐに哲矢が、

「カッコいいじゃん。ファッションモデルとか、みんな背高いし」

などとフォローする。こういうところが、女子とうまくつきあうコツなのだろうか、と悠人は妙に感心してしまった。

「朱音ちゃんと、ひよりちゃんは、カレシは?」

と渉がきく。調子よく、ちゃんづけしている渉に、悠人は少しいらついた。悠人は、今も、朱音のことを富沢さんと呼んでいるのに。

「いませんよ。いたらいいけど。新川さんは?」

そうききかえしたひよりだが、なぜかちらっと悠人を見た。

「まったくダメ。おれ、バレンタインでも、義理チョコしかもらったことないし。哲矢、今度、カノジョと東京行くんだって」

「うらやましい。ねえ、今度あたしたちも遊びに行こうよ」

「おれもいっしょに行きたい」

ひょうきんな態度で渉がいったので、悠人はがまんしきれずに口をはさんだ。

「おれら、受験生なんだから」

あとはただ、たわいのない会話が続く。双方が初対面に近いのだから、無理はない。それでも、女子というだけで、渉ばかりか哲矢のテンションも上がるし、ひよりも桃子も、楽しそうによく笑う。

渉がおどけたようにギャグをとばし、哲矢が、

「おまえ、そんなことばっかいってるから、もてねえんだよ」

といじる。その様子を見た少女たちのあいだに、また笑いが広がる。それで

るけれど、それが本心から楽しんでいるのかは、悠人にはわからなかった。それで

も、笑っている朱音を、明るい光の下で見られたことがうれしい。そして何よりも、

親しくしている友だちがいることを確認できてうれしかった。たとえ、この子たち

に、家のことを話せないにしても。

朱音がかかえている事情を知っているのは、自分だけなのだ、と思うと、悠人はな

んともいえない不思議な気分になる。秘密を頒(わか)っていることの高揚。同時に、たまら

なく朱音のことが愛おしかった。

悠人は、あからさまに朱音を見ないようにと気をつけながらも、ときどき、そっと

様子をうかがう。何度か目があった。朱音がうかべるひそやかな笑顔を見るたびに、

ずきんと胸がうずく。

「そうだ、ここの建物の外に、からくり時計、あるんですよ。たしか、もうすぐ三時

だし、見に行きませんか?」

ひよりの言葉に、すぐに乗ったのは渉だった。

「よし、行こうぜ」

エスカレーターで地上に上がり、建物の外に出た。半円形の広場には、時計目当てらしい客がすでに何人か集まっている。たいていは、子連れの親子だった。

やがて、三時の時報が鳴る。時計盤が大きく回転し、オルゴールのメロディーに乗って、動くものが見えた。

「楽隊みたいですね」

桃子の言葉どおり、一体一体の人形は、太鼓をたたいたり、笛を吹いたりする動作をしながらゆっくりとまわっていく。さらに脇の扉が開いて、そこからは馬に乗った騎馬隊がせりだしてきた。

「お馬さんだ!」

小さい女の子のはしゃぐような声がした。そのとき、また朱音と目があった。思わず頰がゆるむ。

やがて、人形たちは出てきたのと逆の順番でひっこむと、時計台はもとの文字盤にもどった。同時に、集まっていた人々が散っていく。

「なんか、微妙じゃね?」

渉が笑いながら、少女たちを見回す。

「でも、ちょっと楽しかったかも」

ひよりの言葉に、朱音と桃子がうなずき、哲矢も、

「だな。今度、弟つれてこようかな」

と笑った。

「あたしたち、そろそろ、帰らないと」

三人を代表するように、桃子がいった。

「おれたちは、もう少し下でねばるとするか」

哲矢の言葉に、男女三人ずつむきあうような形で立った。

「じゃあ、みなさん、受験、がんばってください」

「ああ。ひよりちゃんと、朱音ちゃんは、東高で会おうな!」

渉が大げさに手をふっていった。

三人を見送ってから、悠人たちはふたたびフードコートにもどった。

渉と哲矢がコーラを買ったが、悠人は何も買わなかった。

「おれ、のどかわいてないし」

といったが、本音は金が惜しかったのだ。

「いい子たちだったな。明るくて」

哲矢の言葉に応じるようにうなずいた渉がきく。

「で、どの子がいいと思った？　おれは、朱音ちゃんだな」

そういえば、渉は朱音にいちばん話しかけていた気がする。

「ほんの行きずりじゃん」

悠人は、あえてそんな言葉を口にしてみた。いいながらも罪悪感が咎めない。悠人にとっての目的は、朱音に会うこと。ひとりだと照れくさいから、渉をひっぱりだそうとし、結果的に哲矢もついてきた。

「っていうか、あの子、柏木のことばかり、見てた」

哲矢がいうと、渉が唇をとがらせた。

「なんだよ、それ」

悠人は、ひやっとした。哲矢は自分の隣に座っていたから、悠人がどこを見ていたかはわからなかっただろうが、もしもそうでなかったら、悠人の視線もまた、朱音ばかりを追っていたことに気づかれてしまったかもしれない。

「いちおう、知り合いだから」

言い訳のようなことを口にしてから、悠人は、強引に話題をかえた。

「哲矢、単願だっけ？　大学の附属高だったよな」

「そ。東京のな。たぶん、だいじょうぶだと思う。入っちまえば、こっちのもんだよな。よほどのことがなければ、大学に行けるし」

「うちは、あんまし余裕ねえから、大学も国立目指すしかないしなあ」

ぽつりと悠人がいった。やがて、話題は入試からもはなれていったが、ふたたび、朱音たちの話にもどることはなかった。

9

週が明けた月曜は、北寄りの風が冷たい冬らしい日だった。夜九時。坂和公園にむかった悠人だが、いつになく緊張していた。

この日、悠人はある決心をしていたのだ。

悠人が公園に着くとすぐに、朱音はやってきた。顔をあわせたとたん、双方が笑顔になる。たった一度、明るい昼間に談笑しただけで、ぐっと距離が近づいた気がする。

「このあいだ、楽しかった」

まず、朱音が口を開いた。いつにない明るさは、土曜の楽しさの余韻ゆえだろう

か。あるいは、父親がふだんより長くいたからかもしれない。

「おれ、セリフ、棒読みっぽかった」

「あ、でもね。ひよりが、柏木さんがいちばんタイプだって」

「それいうなら、新川も、富沢さんがいいって」

「べつにそういうんじゃないのにね」

「……だよな」

「けど、三人のときは、ちょっとつらい感じがあって」

「何か、あったの？」

「そうじゃなくて……」

「……だいじょうぶ？」

「だいじょうぶ」

と、答えてかすかに笑う。何かをきいて、だいじょうぶ、という答えが返ってきたことが何度かあった。それが、口癖になっているのかもしれない。

「あのとき、柏木さんたち見て、ほっとしたっていうか。女子トークにちょっと乗れなくて。久しぶりだったせいかな、外で遊ぶのが」

やっぱりそうなのか、という気もしたが、そうも口にできずにだまっていると、朱

音がまた口を開く。

「外だと、余計に解放された気分っていうか。なんか、見てる景色がちがうって、思い知らされるような気がした。楽しかったんだよ、それは嘘じゃない」

ようやく友だちと遊べたのに、とせつない思いがする一方で、率直に気持ちを語ってくれたことがうれしかった。

うながすようにあごを動かして、悠人が歩きはじめると、朱音は隣にならんだ。すぐそばで相手の息づかいを感じる。それだけで脈拍数が上がりそうだ。意識を逃がすように空を見上げ、

「今日は、風、強いな」

などといってみる。風のためか、夜空の星々がまたたいて見えた。

「こんな日は、星がうたう」

「星がうたう……」はじめて朱音に声をかけた日も、朱音は同じことを口にした。

「どんな歌なんだろ」

「小さな小さな、オルゴールの音色。ささやくような。じっと耳をすまさないと、きこえない」

しばらく、実際に歌がきこえるとでもいうように、無言のまま歩いた。横を見る

　と、朱音はまっすぐに前を見ている。何を考えているのだろう。

「あのさ」

　悠人は、おもむろに切りだす。

「え?」

　朱音が、悠人を見上げた。

「あ、いや。お母さん、どう?」

「お父さんに、あたってた。苦しいって。めずらしく」

「めずらしくって?」

「お父さんがいるときの方が、しゃんとしてるの」

「それ、前にもいってたね。元気なお母さん見てたいから、土日は家にいたいって。でも、今回はちがったんだ」

「うん。でも、ちょっとうれしかった」

「うれしいって、なんで?」

「お父さん、ふだんのつらそうなお母さんのこと、あんまり見てないから。はなれてるからしょうがないんだけど、軽く考えてるなって、お母さんの病気。わかってないっていうか、正直、いらいらする」

「お父さんは、ずっともどっては来られないの?」

「あと一年半は、無理みたい」

「……そうか」

「お父さん、ちょっとずるいって思う」

「ずるい?」

「お土産買ってきて、和花を膝に抱いて、かわいがって、みるのと、ちがうでしょ。わたしはしかたなしに怒ったりするけど、かわいがるのと面倒みさせてる。家のこと、わかってないくせに」

「そういうことなのかなあ。男って、しょうもねえって、甘えさせてる。家のこと、わかってないくせに」

朱音は少し口もとをゆるめてから、小さく息をはく。

「ほんとうは、もっとお母さんの状態、わかってほしい。けど、ふだんの様子とか、わたしからはいえない。お母さん、かわいそうだから」

「朱音だって、かわいそうじゃないか、という言葉をのみこむ。かわいそうだなんて、いわれたくないだろう、朱音は。

「お母さんのこと、好きなんだね」

「好きだよ。だから元気になってほしい。前みたいに」

それは、可能なのだろうか。後遺症は？　それに、再発の可能性もあるといっていなかったろうか。そうしたもろもろを、朱音は一身に受けとめてきたのだ。どれだけつらかったろうと、そう思ってもなお、てらいなく親を好きだといいきれる朱音が、まぶしかった。

「どんなお母さんなの？」

「がんばり屋で、てきぱきしてる。もともとはね。でも、病気だから、今は、別人みたい。それが、いちばん……」

口にしなかった言葉はなんだろう。いちばん悲しい？　いちばんつらい？　なら、いや、だからこそ、自分が支えたい、朱音を。

「あのさあ、おれには、いいなよ」

朱音が、足をとめた。視線がかちあう。唇をぎゅっとかみしめている朱音を見つめながら、悠人は一気に、今日いおうと決意していた言葉をはきだした。

「おれ、いったよな。きくからって。朱音の話。だから、おれたち、つきあおう」

朱音の目が大きく見開かれた。何かいおうとするかのように、口を開きかけたが、そのまましばらく、ふたりはその場に立ちつくしていた。エンジン音とともに、曲がってきた車のライトがあたりを照らしたが、近づいてきた車

は、すーっと遠のいていく。そのとき、自分が富沢さん、ではなく、朱音と呼びかけたことに気づく。心の中では、ずっと前からそう呼んでいたけれど、口にしたのははじめてだった。

朱音はかすかに眉を寄せて、

「……どうして？」

と、つぶやくようにいった。

「朱音のことが、好きだから」

好きと口にしたとたん、カーッと身体が熱くなった。

「好き？」

「おれのこと、きらい？」

そんなはずはない。何度もいっしょに夜道を歩いたではないか。気持ちは通じあっていたはずだ。けれど、朱音は、苦しそうに顔をゆがめた。

「ごめんなさい」

「……ごめんって？」

朱音は、悠人の反問に答えないまま、歩きだした。悠人も、朱音の歩みにあわせるように隣を歩く。

「柏木さん、やさしいから」

「…………」

「わたしなんかとつきあっても、楽しくないよ」

「そんなことはない」

「やさしくしてくれて、うれしかった。でも、わたしの家の状況に、同情して、いっ

てるんだって、思う」

「同情?　そんなこと、ない」

だが、朱音はゆっくりと首を横にふる。

「柏木さん、いい人なのに。わたし、やさしくないって思う。けど、柏木さんが、や

さしくしたいのは、柏木さんの都合なんだなって、思っちゃうんだ。だから、もう、

会うの、よそう」

「本気で、いってるのか」

「だって、期末、悪かったっていってたじゃない。だからもう……。受験、がんばっ

てください」

朱音は、ふたたび立ちどまり、ぺこっと悠人にむかって頭を下げると、そのまま背

をむけて走りだした。

「まてよ……」

弱々しく声をかけるが、朱音はふりかえらない。なぜか、それ以上、足が動かなかった。

その日から、朱音と会うことはなくなった。

父と会うと約束した日がおとずれた。ショッピングセンターのフードコートで、社会の参考書を広げながら、父をまつ。

ほんの数日前、この場所で、六人で談笑した。そこに、朱音がいた。楽しそうに笑って。

同情しているのだ、という朱音の言葉が何度もよみがえる。そうなのだろうか。出会ってからの日々をふりかえれば、最初はそんな気持ちもあったかもしれない。思いつめたような朱音の顔を見て、自分のやり場のない感情を勝手に重ねあわせた。けれど、朱音のかかえる事情は、自分などよりずっと深刻だった。それを知ったとき、支えたいと思った。思いあがった感情かもしれないが、なんとかしたい、と。でも、だから会いつづけたわけではない。会いたかった。顔を見たかった。なぜなら、朱音と会っているうちに、いつの間にか、悠人は心にうずまいていた怒りやもやもやした思

いが、うすれていくのを感じていた。それをもってして、やさしくしたいのは、柏木

さんの都合といわれれば、否定はしきれない。

父と会うのは気が進まなかった。しかし、約束をしたのだからしかたがないといい

きかせて、待ち合わせ場所にむかった。それなのに、約束した時刻がすぎても、父は

あらわれない。

だから、自分の妻にもきらわれるんだ、と内心で毒づく。

参考書の子どもの権利条約というところに、マーカーがひいてある。覚えるためで

はない。気になったからだ。

ふっと息をはいて、参考書を閉じたとき、

「よお」

と、頭の上から声が降ってきた。顔を上げると、久しぶりに見る父の顔が目に入っ

た。思わず、顔をしかめる。

「おせえんだよ」

「まだ、十分もたってないじゃないか」

父はむかいの席にどかっと座る。中途半端にのびた髪は、母ならすぐに、だらしな

い、といいそうだが、案外似合っている。着ているのはダウンのショートコートとデ

ニムパンツで、中学生の悠人とあまりかわらないアイテムだった。そういえば、父親のスーツ姿など、あまり見た記憶がない。妙に若々しい父の様子と、それがサマになっていることにいらだち、つい、つっけんどんな言い方になってしまう。

「で、話って、なんだよ。こっちは受験生なんだから」

「そう、せかすなよ。とりあえず、飯食おう」

「寿司でもおごってくれるの?」

「そんな余分な金ないよ」

なさけなさそうな顔で、父親が笑う。結局、昼食はハンバーガーとフライドポテト、そして飲みもののセットになった。

「試験いつだ?」

「二月の十四日だったかな」

「バレンタインか。ずいぶん早いんだな、公立なのに。おれんときは二月の終わりだったぞ」

「場所もちがうし」

たしか、父は都立高校から東京の私立大学に進学し、そこで母と出会ったはずだ。

「一高、やめたんだってな」

「おれ、一高受けるなんて、一度もいった覚えねえけど。っていうか、話ってなんだよ」

「父親が、息子に会うのに、べつに理由はいらないだろ」

「直人にも、そういえる?」

「あいつはきまじめだからな」

「柏木家の、期待の星だろ」

「そうひがむなよ」

軽くいわれた言葉に、ぐさっと来る。

「ひがんでねえよ。事実だろ。直人に、東大行け、とかいってたじゃん」

「ジョークだよ。決まってるだろ。東大出たってしょうもないやつは、霞が関近辺に
いくらでもいるだろうが」

父はへらっと笑った。

「とにかく、話ってなんだよ」

「クリスマスだろ。何か、ほしいもの、ないか」

「スマホ。通信費込みで」

「……スマホ、か」

「みんなもってるし」

「みんなってだれだよ。適当にみんなとかいうなよ」

「だからぁ! クラスや塾のやつらだよ」

「そうか」

父は腕を組んで考えこむ。悠人は、少し気の毒になった。

「いらねえよ。それより、ちゃんと生活費入れろよ」

「おまえも、かわいげなくなったよな」

と、父は笑った。

「おれ、高校に行ったら、バイトする。スマホ代ぐらい、自分でなんとかしないとな」

「直人は、バイトしてないのか?」

「おふくろが、必要ないって。優等生はたいへんだよな」

「そうか。自慢の息子だもんな。おまえとちがって」

父はにやっと笑った。むかつくが、否定はできない。それで、わざと意地の悪いことをきく。

「直人は、おふくろに似てるからじゃね? っていうか、親父は、なんでおふくろと

「結婚したの？」

「いきなり、ずいぶんなことをきくじゃねえか」

「こんなふうにべつに暮らすくらいなら、結婚なんかしなきゃよかったじゃん」

「結婚したときは、こんなふうになるとは思ってなかったよ。ただ、これだけはいっとくが、べつの女性と親しくなったから、陽子……母さんとうまくいかなくなったわけじゃないんだ。言い訳だけど」

「言い訳なら、いわなきゃいいだろ」

ぽんぽんと言葉が出てくる。これまで、父とこんなふうに会話していたことがあっただろうか、自分は。いや、もっと口が重かった気がする。やつあたりだ、たぶん。

だが、それがのしりに近いものであっても、キャッチボールのような会話など、長いあいだ、家族とはしていなかった。

「言い訳っていうのはよ、いうためにあるんだよ」

「屁理屈じゃん。っていうか、じゃあなんでって思うの？」

だって思ってんじゃねえの？」

「ガキのくせに身も蓋もない言い方するなよ。たしかに、悪いのはおれの方。それはまちがいないよ。しかしな、人と人との関係は、そんなに単純じゃないんだ。憎みあ

ってるのに、はなれられない夫婦だってある。少なくとも、おれたちは、憎みあって
はいないよ」

人間関係はそう簡単にわりきれない、といわれればそのとおりなのかもしれない、
とは思うが、なんだかはぐらかされたような気がした。

「……おふくろ、おれが、親父に似てきたって、いやそうにいってた。迷惑な話だよ
な」

「そうか。でも、残念ながら、おまえはおれに似てるところがある」

「似てるって?」

「おまえは、直人とちがって、リアリストにはなれない。直人は、目的のためには、
冷徹になれる。秋田のばあちゃんがいってたろ。悠人は、やさしい子だって」

秋田の祖母とは、父の母ではなく、母の母だ。

「自分、やさしいっていってるわけ?」

「そうだよ。やさしいところがいいって。陽子も、秋田のばあちゃんも、そういった
もんな。秋田のじいちゃんは、おれたちの結婚、反対したけど」

父はまた、へらっと笑った。

「やさしいなんて、なんの価値もねえじゃん。それで、受験乗りきれるわけでもない

　し。世の中、不公平だよな」

「まあ、たしかに、不公平だな。貧乏人の家の子と、金持ちの家の子じゃあ、受けられる教育だってちがってくるし」

「平等なはずだろ。おかしいじゃん」

「それは、おとながだらしないからだろうな。おれをふくめて」

「家族に病人がいるとかだって、子どもの責任じゃないし」

「そういうこともあるよなあ。これから、少子化でますます高齢化社会になるから、認知症の家族を支えなくちゃいけない家庭もふえるだろうし、子どもにだって影響出るだろうな」

　また、朱音の顔がうかぶ。もう、会えないのだろうか、ほんとうに……。

「なんだ、悠人。急にだまりこんで」

「めんどくせえな。生きるの」

「何いってんだよ、十五のガキが」

「まだ十四だよ。息子の誕生日ぐらい、覚えとけよな」

「そうか。三月生まれだったな。だがな、悠人。面倒でも生きてくしかねえだろ。だから、どう生きるか、考えろ。おまえらしい生き方すればいい」

「らしい？　そんなの知るかよ。ってか、親父みたいにはなるなってことかな」

「だいじょうぶだよ。おまえは、おれとちがってやさしいから」

「自分もやさしいんじゃねえの？」

「やさしさがまちがうこともあるんだ」

そういうと、父はポケットから封筒をとりだした。

「もらいもんだが、これ、おまえにやる」

「……金、のわけねえか」

悠人が、そういいながら、封筒を開くと、図書カードが入っていた。三千円のカードが二枚だ。

「本、読め。くだらないと思われる本でもいい」

「受験、終わってからだな」

「東高校はいい学校だよ。じゃあな」

父は、そういって立ちあがると、早足で去っていく。

「バカ。てめえのトレイ、片づけろよ」

と毒づいて、悠人はふたり分の食器をまとめて、トレイをもどしにいった。不思議なことに、父と会ったことで、悠人の心はほんの少しだが軽くなっていた。

東高校がいい学校だといった。ならば、まちがっても不合格になったりしないよう
に、もう少しちゃんと勉強しなければと、そう自分にいいきかせた。

家に帰ってから、悠人は、図書カードの一枚を兄にわたした。

「本、読めってさ」

兄はだまって、それを受けとった。

10

悠人は、あいかわらず走りつづけている。けれど、坂和公園に朱音がいることはな
かった。ひとり、ブランコの前に立つと、口の中に苦さが広がる。もしかしたら、自
分は、朱音にとって大切な、息ぬきの時間をうばってしまったのだろうか。

三者面談のとき、担任の入船は、母と顔をあわせたとたん、笑顔できいた。

「直人くんは、がんばってますか」

母は、つられるように笑顔になった。

「その節は、お世話になりました」

入船は、直人の担任だったわけではない。世話になどなってはいないはずだから、母の言葉は社交辞令だ。ふたりのやりとりは、要するに、直人がいかに覚えでたい生徒だったか、ということの証なのだ。

「ぼくとしては、悠人くんにも、一高を目指してほしかったんですがね。もう少しがんばれば、行けるのに」

「本人が決めたことですから」

淡々とそう告げた母に、入船はなぜかあまり多くを語らず、面談はあっという間に終わった。

廊下に出ると、渉と母親が順番をまっていた。悠人は、ぺこっと頭を下げてから、

「新川くん」

と、母に告げる。

「柏木悠人の母です。いつもお世話になっております」

「いえ、こちらこそ。悠人くんは、てっきり一高へ行くのかと」

あわてて渉が咳払いをしたが、渉の母は意に介さない。

「渉のこと、よろしくお願いしますね、悠人くん」

渉が、横の母を見て、口の形だけで「バカ」と告げる。思わず、くすっと笑ってし

まった。

ふたたび軽く頭を下げて、外へとむかう。

「いい友だちね」

ぽつりと母がいった。何をもっていい友だちというのか、真意ははかれない。しかし、渉がいい友だちであることはたしかだ。友だちが多い方とはいえない悠人にとって、もしも、渉が同じクラスにいなかったら、下手をすると孤立していたかもしれない。その渉と哲矢と、ショッピングセンターのフードコートで、朱音たちとすごしたのが、なんだか遠い昔のような気がする。

あの日の記憶をふりはらうように、悠人は首をふった。

「どうかしたの?」

母が怪訝そうな顔をする。

「なんでもねえ」

今は、勉強に身を入れなければ、と己にいいきかせた。

英語や数学、それに国語は心配ない。苦手意識があるのは社会だからと、塾の問題集を開くが、今ひとつ頭に入らずに、ふと気がつくと、朱音の顔を思いうかべてい

る。もう何日、見てないだろう。小さく息をはいて頭をふり、また問題集にもどる。

教室でも、受験が近くなったせいか、昼休みも勉強をしている生徒が少なくない。

その日は、悠人も理科の問題集にとりくんでいた。

「どうかした？」

声にふりむくと、渉が立っていた。渉は、空いていた前の席の椅子に、後ろ向きに座った。

「どうかって？」

「ため息」

「ついてた？」

「二度。心、ここにあらずって感じ」

「受験、面倒くせえなあって」

「悠人は心配いらないだろ」

「ならいいけど」

「っていうか、そんなことじゃないだろ」

悠人は、思わず渉の顔を見つめてしまった。いつもどおりの、やわらかな笑顔だが、視線はまっすぐに自分にむいている。相手の視線をはずしながら、悠人はつぶや

くように言った。

「そんなんじゃないって？」

「まさか、恋わずらいとか」

「なんだよ、それ」

と笑おうとしたが、口のまわりがこわばった。

「バカ、真に受けるなよ」

「……おれ、やっぱ、ふられたのかな」

ふいにそんな言葉がこぼれてしまい、悠人はあせった。──何をいってるんだ……。

渉は、ポカンとした顔で、悠人を見ていたが、それ以上、何もいわなかった。

放課後、校門を出たとたん、渉から、

「さっきの話、もしかして、このあいだの子？」

ときかれた。

「なんの話？」

「ふられたって」

「冗談。関係ねえし」

渉は、ふっと息をはいた。

「そういうとこ、なんていうか、水くさい、って思う」

「え?」

「今日だけじゃねえよ。なんかあったかなって。けど、いわねえんだよな、おまえっ
て」

悠人は、思わず足をとめて渉を見る。

「このあいだの子さ、哲矢もいってたろ。悠人のことばかり見てたって」

「……つきあおうっていったんだ。みんなで会った、あのあと。けど、同情だって、
いわれた」

「どういうこと?」

「母親が、病気で。たいへんなんだ。家のこととか、妹の面倒とか」

渉は、眉を寄せてむっと息をはく。

「それでか。あの子、明るくふるまってたけど、なんか違和感あったんだよな」

その言葉に、悠人は軽くなぐられたような気になった。渉がそんなふうに感じてい
たとは。あのときの渉のハイテンションは、もしかして、あえてだったのだろうか。

「だから、もうすんだ話。それより、受験だし」

悠人は、この話はもう終わりだ、というふうに話題をかえようとした。が、渉はま

だけわしい顔で悠人を見ている。

「こんなことというの、なんだけどさ。……悠人、覚悟が足りなかったんじゃね?」

「え?」

「きつい言い方になって、悪いけど。そんな気がする」

「…………」

「そりゃあ、おれだってさ、カノジョいない歴が生きた年数だけどさ。つきあうっ

て、なんか楽しいことを考えたいじゃん。いっしょに出かけたり、手をつないだり

さ。でも、そんな甘いこと、考える余裕ないだろ。親が病気だったりしたら」

ふいに、朱音の言葉がよみがえる。――わたしなんかとつきあっても、楽しくない

よ。

「そんなことは、わかってるよ」

「ほんとに、わかってるっていえるかな? おれ、ばあちゃんでさえ、家がこわれる

って思ったこともあったよ。友だちづきあいなんて、二の次っていうか。話もあわな

くなるし」

「つまり、つきあうどころじゃねえから、かかわるなってこと？」

そう問うと、なぜか渉は、むっとした顔になった。

「悠人って、思ったよりバカだな。好きなんだろ」

「………」

「ちゃんと自分の気持ち、考えろよ。それで、ほんとうに好きだって、思うんだった

ら、何をするか。あの様子だとさ、学校の友だち、なんも知らねえんだろ。それなの

に、おまえには話せたんだろ。同情だっていわれて、ひきさがれるのかよ」

どこか論すような渉の言葉に、悠人はなかば反発を感じながらも、なぜか鼻の奥が

つんとなった。それをごまかすように、

「……渉は、友だち失ったり、しなかったんだろ。ばあちゃんの世話で、話があわな

くなっても」

ときくと、渉は軽やかに笑った。

「おれ、人望あるもん。じゃあ、また明日」

「ああ」

ちょうどわかれ道に来ていた。軽く手を上げた渉は、小走りに去っていった。

秋田の祖母から小包が届いたのは、クリスマスの二日前だった。宛名は直人と悠人

の連名だった。中を開けると、直人宛ては小さな包みで、悠人宛ては箱に入ったものだったが、どちらもクリスマスらしい包装紙に包まれ、リボンがかけてあった。

「開けてみたら」

という母の言葉に、まず、直人が包みを開くと、商品券が出てきた。

「好きなものを買いなさい、だってよ」

兄は商品券で、自分はそうではない。なんだか子どもあつかいされたような気がする。昔から、秋田の祖母だけは兄と公平にあつかってくれたのにと、つい恨みがましい思いにかられる。

「おまえも開けてみろよ」

直人にいわれて、悠人はしぶしぶ包装紙をとった。出てきたのは、スマホだった。

「母さんったら、何考えてるのかしら。受験前に」

母は眉を寄せたが、悠人は、思わず首をかしげる。スマホがほしいといったのは父に対してだ。

悠人は、部屋にひっこんでから、祖母の手紙を読んだ。

　　──健一さんから、スマホをほしがっているときききました。わたしはよくわか

らないので、三月までは、隆二に選んでもらい、充電すればすぐに使えるようにしてあります。受験、しっかりがんばりなさい。

隆二というのは、大学生の従兄の名だ。

父親が、祖母と連絡をとりあっていることに驚きつつ、やはり、父には自分でスマホを買ってくれるだけの余裕はないらしいことに、がっかりしてしまい、

「バカ親父。みっともねえんだよ」

と、つぶやいた。

スマホを手にしたことは、素直にうれしかった。当然ながら、兄のものより新しいし、スタイリッシュな黒で、カバーも黒、保護フィルムもはってあった。もやもやした思いはあったが、スマホ自体は気に入った。それに、これで渉にも遅れをとらずにすむ。それどころか、渉はクリスマスに買ってもらうといっていたので、悠人の方が少しばかり早く手に入れたことになる。

悠人は、急いで充電してから電源を入れた。自分でもったことはないが、調べもので母のスマホを使わせてもらったことがあるので、ある程度操作はできた。

連絡先にもだれひとり名前はない。ラインをする相手もいない。まだまっさらだ。

ふと、朱音は、スマホをもっているのだろうか、と考える。今さら、意味のないことなのに。それでもつい、ネットでくも膜下出血を調べてみた。朱音の母の病気だ。

運動障害、感覚障害、言語障害……。朱音の母親の場合、半身に麻痺が残ったというし、感情が不安定になったりするらしい。

ふつうにできていたことができない。それがどれほど苦しいことか、悠人にはわからない。ただ、二年前に左の手首を捻挫したことがあって、当初は足でなくてよかったと思ったが、短期間とはいえ、実際には何かと不自由だった。利き手ではないのにかなりいらいらしたことを、今さらながらに思いだす。朱音から最初に母親の病気をきいたときには、自分のけがと結びつけることさえ、できなかった。

鬱病についても調べてみた。憂鬱、元気がない、不眠、ものごとを悪い方に考える。希死念慮──むずかしい言葉だが、字面からなんとなくわかった。実際に鬱病で自殺してしまうこともあるらしい。鬱病患者のまわりの人は、元気になってほしいと思ってもはげましてはいけないという。自分の親だったら、どうしただろう。悠人は、あらためて朱音が背負っている現実のきびしさを思った。

「ダメだな、おれ」

渉にいわれたことがよみがえる。覚悟といわれても何をどう考えたらいいのか、今

もわからない。ただ、はっきりわかっているのは、会うのをよそうといわれても、朱音のことを考えずにはいられないということだ。

そのときになって、ようやく気がついた。——それで、ほんとうに好きだって思ったら、何をするか。

渉は、自分を懸命にはげましてくれていたのではないだろうか。

せっかく祖母がくれたスマホだが、悠人は、しばらく使うのをやめることにした。通信費をはらってもらうのはもうしわけないけれど、二月に試験が終わるまでは、スマホは使わない。買ってもらったことは、渉たちにもだまっていることにする。そう決めた。

悠人は、久しぶりに、兄の部屋の前に立ち、

「おれだけど」

と声をかけ、ふすまを開ける。直人は、机にむかって勉強していた。

「なんだよ」

背中をむけたままの直人に、後ろ手でふすまを閉めながら、悠人は告げた。

「これ、あずかってほしいんだけど」

そして、ようやくふりかえった直人の目の前に、スマホを入れた箱をさしだす。

「どういうつもりだよ」

「ばあちゃんには悪いけど。試験が終わるまで」

直人は、わかった、というふうに手を出した。そのあとは、すぐにさっさと出てい

け、といわんばかりにまた背をむける。悠人は、その背中にむかって声をかける。

「あのさ」

「まだ、何か用か」

ふりかえらないまま、くぐもった声がする。声をかけたものの、悠人はすぐに言葉

をひっぱりだすことができなかった。

「はっきりしないやつだな」

「高校、おもしろい?」

そんなことを知りたいわけではなかったが、とにかく、場をつなぐように、悠人は

きいた。

「べつに、ふつう」

「大学とか、決めてんの?」

「だいたいはな。国立しか、無理だろ」

「……直人は、スランプとか、ねぇの? 勉強、やんなるとか。何もかも面倒になるとか」

直人は、ようやくふりむいて、きょとんとした顔を悠人にむけた。

「バカじゃねぇの、おまえ。そんなのがないやつなんて、いるわけねぇだろ。ロボットじゃえんだから」

「……そっか」

「いつも悠人見て思ってたよ。次男坊は気楽でいいなってな」

「………」

「けど、それってたぶん、隣の芝生は青いってぐいの話なんだろうし。ちょっとちがうかな、立場は、ものじゃねぇから」

直人は、自分の言葉にツッコんでかわいた笑いを立てた。

「おれ、直人のせいで、すげえ、迷惑してるから」

そういうと、悠人は背をむける。短い会話ではあったけれど、このところ感じていたような、いらだちはなかった。

兄とうまく話せなくなってから、こっちの気持ちなどわかっていないのだと思っていた。でもそれは、自分が相手の気持ちをわかっていない、ということでもあったの

だ。今も、わからない。それでいいのかもしれない。

ふすまを開けてから、悠人はもう一度、兄をふりかえった。

「勉強って、コツ、あると思う？」

「好きになることとかな」

兄らしい答えだと思いながら、悠人は部屋を出た。

クリスマスイブの夜、悠人はいつもより早く、家を出た。しばらく行っていなかった坂和公園まで、今日は走ろうと思っていた。あれから、朱音を見ることはなくなった。でもきっと、今も朱音は、時間をずらしたりしながら、夜の公園をおとずれているような気がする。とはいえ、朱音をまつというつもりではない。

自分の気持ちを考えると、渉はいった。その上で、今ははっきり思える。同情なんかじゃない。同情だというのなら、なんで会えないことがこんなに苦しいのだろう。朱音に会いたい。ちゃんとむきあいたい。自分の気持ちを伝えたい。

ジャケットのポケットに、学校からこっそりもってきたピンクのチョークが入っている。

公園のすぐそばに、庭をイルミネーションで飾っている家があった。色とりどりの

豆電球が点滅するのを横目で見ながら、悠人は走った。

公園には、まったく人気がなかった。足をとめて息をはくと、ほわっと顔のまわり

が白くなった。手をこすりあわせてから、悠人は、ブランコに近い敷石の前にかが

む。それから、ポケットに入れていたチョークをとりだして、敷石に書きつけた。

Dear A

Merry Xmas!

Y・K

これを、朱音が見る保証はない。いや、見ない可能性の方が高い。たとえここをお

とずれたとしても、気がつかないかもしれない。

「自己満足だよな」

ぽつりとつぶやいて笑う。それから空を見る。クリスマスイブの今日、どこかで朱

音も、この星空を見るだろうか。

そのとき、かすかな音がきこえた。小さな小さな、ハンドベルのような音。けれどもそれは、一瞬のことで、気のせいだったのかもしれない。そのとたん、目頭が熱くなった。

悠人は、ゆっくりと踵を返し、夜の住宅街にむかって走りだした。

11

次の日の昼、悠人は坂和公園に行ってみた。昼の公園は、子どもの姿でにぎわい、あちこちからかんだかい声が響いていた。敷石（いしきいし）の文字は、少しうすれていたが、まだ残っていた。

悠人は、そのまま、坂和ヒルズにむかった。そして、郵便受けの前に立ち、富沢という文字をさがす。五〇六号室にその名が記されていた。そこに、小さな封筒を投じた。

イブの夜を最後に、悠人は、夜のランニングを休止することにした。母にそう告げると、

「好きになさい」

といわれた。二年前、直人に対してはずいぶん細かく指示を出していた母の姿が頭を
よぎるが、もうそういうことにいらだちは感じなくなっていた。今は、目の前のこと

――受験に集中しようと思った。

これまで敬遠していた公民を、おもしろいと思うようになった。憲法などの条文解
説を読んでも、現実とはちがう、と腹立たしくなる。もしかしたら、朱音との出会い
があって、ものごとをリアルに考えるようになったからかもしれない。そう思いいた
ったとき、ほんの少しだが、勉強と生きることがつながった。そして、勉強のコツ
を、好きになることといった兄の言葉も納得できた。まだまだ、好きになれない教科
もあるけれど。

郵便受けに入れた手紙を、朱音は読んでくれただろうか。ふと手をとめると、つい
考えてしまう。いや、今は勉強だ、といいきかせる。

年末の大掃除のときに、思いきって、古い衣類やマンガや本を処分することにし
た。捨てるものを部屋の外に運びだす。なんだか身が軽くなったような気がした。

十字にしばったマンガ本を見た直人から、

「それ捨てちゃうのかよ。だったら、よこせよ」

といわれてびっくりした。兄がほしがったのは、ナンセンス系のマンガだった。

「いいけど、しばりなおしてくれよ」

悠人は、笑いたくなるのをおさえて、ぶっきらぼうな声でいった。

大晦日に、三人で年越しそばを食べていると、父がやってきた。母はだまって父を招じいれた。

「よお、元気か」

ひょうひょうとした声で、軽く手を上げた父に、直人がぼそっとつぶやいた。

「ほかにいいようねえのかよ」

「健一さんも、召しあがりますか?」

ときいた母の声は、少しかたかった。

「いや、もう食った」

父はテーブルにケーキの箱をおいて、椅子に座った。

「やっぱ、大晦日はケーキかなって」

父の言葉で、悠人は急に思いだした。そういえば、幼いころ、クリスマスにケーキはなかったが、毎年、大晦日に父がケーキを買ってきた。悠人が小学校の高学年にな

ろには、そんな習慣もなくなっていたが。

「なんで大晦日がケーキなの?」

悠人がきくと、父は母のことをちらっと見た。

「陽子……さんの、お考えで」

「母さんの?」

「つまりさ、母さんがいうには、クリスマスのケーキは、ケーキ屋にとって、年間の売り上げのかなりを占めるってわけだ。当然、前から準備して冷凍保存する。保存料も多く使うかもしれない。なので、鮮度に欠ける」

「そんな理由があったんだ」

直人が、眉を開いていった。

父は、それには答えず、テレビに目をむける。紅白歌合戦の最中で、悠人の知らない女性の歌手がうたっている。

「紅白も、かわったよな」

年越しそばを食べおわると、母は手早くどんぶりを片づけ、

「日本茶でいい?」

と、だれにいうともなくきいた。

ケーキに日本茶か、とは思ったが、昔から両親はそ

うだったかもしれない。

父が箱を開くと、種類のちがうケーキが四個入っていた。そうだ、父はいつもこういう買い方をする。そして、幼いとき、最初に選ぶのは直人だった。案の定、

「おれ、チョコレートケーキ」

と直人がいって、さっさと自分でチョコレートケーキを皿にとる。たかがケーキとはいえ、悠人は、内心ではほっとした。自分がいちばんほしいのは、モンブランだったから。悠人が、モンブランに手をのばしたとき、父がぽつりといった。

「直人は、悠人が好きなもの、わかってんだな。昔から」

えっ？　と、思わずケーキをとりおとしそうになった。直人を見ると、父の言葉など意に介さないというふうに、すでにケーキにフォークを入れている。ふいに合点がいった。最初の選択権はいつでも兄がもっていた。けれど、不思議とねらっていたものをとられてくやしかったという記憶はなかった。

母がチーズケーキをとり、父は最後に残ったフルーツタルトをとった。食べながら、たわいのない話をする。大晦日なのだから、だれもが面倒な話などしたくはなかったのだろう。こんなふうに家族が四人そろって、平穏な時間をすごすのはいつ以来だろうか。

紅白歌合戦の二部がはじまって少したってから、父が立ちあがる。

「じゃあ、おれ、行くわ」

この前会ったときに着ていたのと、同じダウンのショートコートを羽織ると、父が玄関にむかう。悠人だけが、立ちあがって玄関まで送った。

「受験、がんばれよ」

「うん。あ、スマホは、受験終わるまで、使わねえから」

「そんなの、おまえの勝手だよ」

わざとらしく片頰で笑い、父は扉の外に消えた。

紅白には、さほど興味がなかったので、悠人は先に風呂に入らせてもらうことにした。

湯船につかりながら、先日、朱音に宛てた手紙の文面を反芻する。

　　朱音へ

　同情だっていわれて、とっさに思ったのは、ちがう、そんなんじゃないってことだった。でも、そのあとで、すごく考えた。正直にいうと、最初は、そんな気持ち

があったかもしれない。たぶんおれ自身が、自分をもてあましていて、思い悩んで
いる朱音に勝手に感情移入して。だけど、朱音のことが少しわかって、自分が、甘
っちょろい考えだったとも思った。

同情じゃない。けど、もし同情だったら、それっていけないことだろうか。朱音
の状況が、少しでもよくなってほしいと、そう願うことが。

会わなくなって、会いたくてしかたがなかった。勉強しているときでも、つい、
朱音のことを考えてしまう。だから、やっぱりおれは、朱音のことが好きなんだと
思う。

朱音がおれのことを好きじゃなくてもしょうがない。人の気持ちをどうこうでき
ないから。

でも、もしも、朱音が少しの時間でも、おれとすごすことがいやじゃなかった
ら、少しでも、会いたいと思ってくれるなら、元日の朝、初日の出を見ないか？

おれたちが、何度も会ったあの場所で、まっている。

日の出の時刻は、六時五十一分だから、おれは六時半に行く。

悠人

あと数時間で年がかわる。だからといって、何かがかわるというわけではない。けれど、明日の元旦は、悠人にとって特別な時間になりそうだ。朱音が来たとしても、来なかったとしても。明日、晴れるようにと、悠人は心の中で念じた。

12

朝五時半にかけた目覚ましが鳴る。はねおきてカーテンをひいたが、外はまだ真っ暗だった。

悠人は、すばやく着替えると、キッチンに行って牛乳をレンジで温めた。

もの音を察知したのか、母が部屋から出てきた。

「ずいぶん、早いのね」

「あ、おはよう。……っていうか、おめでとう、か。初日の出、見てこようかなって」

いいながら、一気に牛乳を飲みほす。

「そう。行ってらっしゃい」

あくびまじりの声で、母がいった。

外に出ると、あたりはまだ夜の闇に支配されていた。

日の出の時刻まではだいぶ間があるので、気のむくままに歩きだす。

空を見上げる。心なしか、ふだんより星がくっきりと見えたが、空の色は刻一刻と闇を後退させ、星々のきらめきが消えていく。やがて、南東の地平線に近いところから白みはじめ、そこに茜色がとけだしていく。

悠人は、坂和公園の方に足をむけた。軽くジョギングするうちに、寒さは気にならなくなったが、はく息が白かった。

朱音は、来るだろうか。公園が近づくにつれ、不安が高まる。でも、自分にできることはまつことだけだ。

なぜか、昨日の親の顔が脳裏にうかぶ。両親のあいだに通う感情は、もはや愛情とは思えなかった。それなのにやはり、ふたりのあいだにはたしかに通うものがあったように感じた。ふいに、父親が、「行く」といって出ていったことがよみがえる。「帰る」とはいわなかった。

この先、ふたりがもとにもどることはないのかもしれない。それでも、悠人にとって母は母であり、父は父だ。

人通りはほとんどなかったが、男女のカップル一組と、四人の家族連れと出会った。

この近くにある神社に初詣でに行くのだろう。車もめったに通らない。が、年賀状を配達する郵便局員の赤いバイクとは、何度か行きあった。

公園が目の前に迫ってきて、ジョギングから早足にかえる。それから徐々にスピードを落とす。足の動きとは逆に、心臓の鼓動が速くなる。

ぐっと、一度手をにぎりしめてから、公園の敷地に入る。中には、まったく人影がなかった。

時計を見ると、ちょうど六時半だった。

悠人は、すべり台にのぼって立った。空は地平に近いほど明るい。上空はまだ薄墨うすずみを流したような青みをおびた空だが、東の方は刻一刻と、黄に染まっていく。まるで、音がするようだ。いや、それは己の心臓の音だ。

入り口の方は、けっしてふりかえらないと決めた。それなのに、つい視線を落としてしまいそうになる。

人声がきこえた。公園の外からだ。悠人は、唇をかんで空を見つめる。やがて、その人声が消えた。

どれくらいたったろうか。かすかな足音が、耳に届く。悠人の目は、じっと地平線

を見ている。

足音が近づいてくる。ザリッ、ザリッという音に、ドクンドクンと鳴る胸の鼓動が重なる。

そのとき、東の地平から、光が放たれた。

「日が昇る！」

悠人は、空を見つめたまま叫んだ。

すべり台の階段をのぼってくる音がする。やがて、せまいすべり台の上に、ふたりはならんで立った。

「間にあった」

朱音がつぶやいた。ふたりの腕がふれた。悠人は、空を見つめたまま、そっと朱音の手をにぎる。朱音は手袋をしていなかった。

地平から太陽が顔を出す。ふいに朱音が手をはなした。そして、左腕を悠人の右腕にからめたまま、両手を胸の前にもっていくと、掌をあわせる。悠人も、同じように手をあわせた。

──どうか、よい年になりますように……。

太陽が、地平からういた。悠人は、はじめて隣に立つ朱音を見る。

「Happy New Year!」

「おめでとう」

寒気に頬を赤く染めながら、朱音が笑顔を見せた瞬間、相手をぎゅっと抱きしめたくなった。その衝動と闘いながら、悠人も笑顔を返す。

朱音の瞳から、涙がすーっと流れた。口もとは笑っているのに。

「やだ、泣き虫みたい」

照れ笑いをしながら、朱音は手の甲で涙をぬぐう。

「来てくれて、ありがとう」

「わたしも……ありがとう。会わないって自分からいったくせに、会えないのがさびしくて……。うちのこと、なんで、柏木さんには、話せたんだろう。ひよりたちにも、嘘だって思った。いろいろ考えたけど、結局、理由なんてわからない。だれにも知られたくないって思ってたのに、ずっと。だけど、柏木さんが知っていてくれて、そのことがやっぱりうれしかったんだって、会わなくなって、わかった。最初は、なんでって思った。おせっかいだな、うっとうしいなって。でも、いつのころからか、まってた。そのことに気がついた。だから……さびしかった」

　勢いこむようにそういうと、朱音の瞳から新たな涙が流れた。それを見なくてすむように、悠人は、そっと手を朱音の肩にまわした。まわした手を少し自分の方にひき寄せる。　朱音の髪からシャンプーのかすかな香りがした。それが、不意打ちのように鼻孔をくすぐり、悠人はしばし陶然となった。

　やがて、悠人は朱音の肩から手をはなすと、すべり台からとびおりて、朱音を見上げる。紺色のダッフルコートの下から、チェックのスカートが見えた。どうするかと見ていると、朱音はにっこり笑ってとびおりた。かすかにスカートがひるがえったが、無事、着地する。

　朱音は、ブランコの方に歩いていった。そして、敷石を指さす。イブの夜に、Merry Xmas! と、悠人が書いたところだ。

「まだ、ちょっと残ってる」

「気がついたんだ」

「うれしかった。これ見て、すごく。わたし、会えてよかった。柏木さんと」

「こっちこそ。おれ、朱音に……すげえ助けられたって思ってる」

「逆だよ」

　悠人は、首を横にふった。

「マジだって」

　もしも、あのとき、朱音と出会わなかったら、やりきれない思いをかかえたまま、今も悶々（もんもん）としていたかもしれない。朱音と出会って、いろんなことを考えた。考えたからこそ、気がついたこともたくさんあった。そのひとつひとつを、朱音に伝えよう

とは思わないけれど。

「一年と三か月後、ほんとに、同じ高校に通えたらいいな」

「わたしも、がんばる」

「まず、おれががんばらなきゃ」

「わたしも、楽しいこと、見つける」

「楽しいって？」

「柏木さんの、変顔（へんがお）想像するとか」

「なんだよ、それ。っていうか、その柏木さんって、他人行儀だと思わねえ？」

「じゃあ、なんて呼べばいいの？」

「名前で」

「悠ちゃんとか？」

「それは、ちょっと」

「悠人、さん」

「さん、はなくていいから」

「……なんか、はずかしいんですけど」

朱音は、両手で自分の頬を押さえた。

「いいよ、なんでも。好きに呼べば」

少し乱暴にいって、悠人は朱音の手をひく。

「歩こう」

外はすっかり明るくなっていたが、元日の朝、道を歩く人は少なかった。年賀状配

達のバイクが、ふたりを追いぬいていく。

「さっきも、見かけたけど、元旦から、働いてるんだな」

「……介護も、そういう人、いるよ」

「そうだな」

「なんか、へんな感じ」

朱音が、くすっと笑う。

「へんって?」

「朝だから」

「たしかに」

悠人は、笑った。

「でも、いいね。朝」

「今度は、昼、な」

「え?」

「東京とか、いっしょに行けたらいいなって」

「いつ?」

「受験が終わって……春休みかな、やっぱ」

「そうだね。先に楽しい計画があるって、いいかも」

「おれさ、受験、がんばる。だから……」

「試験が終わるまでは、会えないね」

いいよどんだことを、朱音がいってくれた。県立の入試が終わるまでは、あと一か

月半ある。

学校の友だちのだれにも話していないことを、悠人にだけは話してくれた。だか

ら、今日までのこの半月、会えなかった時間に、朱音が、家のことを話せる相手はい

なかった。それなのにまた、しばらく話をきくこともできずに、朱音をひとりにして

しまう。話してほしい、きくからといったのは、悠人自身なのに。

「……ごめんな。今日、おれが呼びだしたのに」

朱音は、首を横にふった。受験なんかなければいい、と思う。

どうしても東高に合格しなければならない。

「わたしと会ってて、悠人さんが受験に失敗したら、わたし、一生後悔すると思う。

でも……」

「でも?」

「塾のない日の夜九時に、一分だけでいいから、空を見てくれたら、うれしい」

「空?」

「わたしも、同じ時間に空を見る。そのとき、悠人さんも、同じ空見てるって思えた

ら、いいな」

「わかった。約束する」

十五分ほど歩いて、ふたりはこれまで夜に歩いたときと同様に、坂和ヒルズにむか

う。

「じゃあ、次は、二月十四日の夜、九時に、坂和公園で」

「絶対に受かって!」

悠人は、うなずいた。朱音の手が、ゆっくりと悠人の手からはなれた。そして、背をむけてエントランスにむかう。

キー操作して自動ドアが開いたそのとき。

「朱音！」

悠人は叫んだ。そして、ふりむいた朱音にむけて、思いっきり、唇をゆがめ、眉尻を下げた。

朱音の顔に、一瞬で向日葵が咲いたような笑みが広がる。

──おれの変顔、思いだして、笑えよ……。

冬休み明け直後の模擬試験は、まずまずだった。それでも、特別に内申がいいわけではないので、悠人は、まじめに受験勉強にとりくんでいた。古いラジオを部屋にもちこんで、音楽をききながら問題集にむかう。

ラジオが、夜九時の時報を告げると、おもむろに窓を開ける。冷気が一気に入りこむが、気にはならない。そのまま一分間、夜空を見る。

──朱音、見てるか？　今日は、星がうたってるみたいだな……。

夜、ベッドに入る前に、カレンダーに×をつける。入試まで、あと何日と数える。

　そして、朱音に会える日まで。

　やがて月がかわった。節分がすぎて立春がおとずれる。春は名のみで、その翌日、雪が降った。大雪というほどではなかったが、東京の都心では電車の遅れなどの影響が出た。

「今日が受験じゃなくてよかったわね」

　母がいったが、

「当日だって、わかんねえじゃん」

と悠人は笑った。

　夜、窓を開けるとすでに雪はやんでいたが、家々の屋根にうっすらと雪がつもり、淡（あわ）いブルーに見えた。空気はしんとしているのに、あたりが明るい。この雪景色を、朱音も見ているのだろうか。

　カレンダーの×が確実にふえていく。悠人は、ひたすら勉強をした。そうして、県立高校の受験日がおとずれた。幸い、晴れわたった朝だった。

13

試験を終えて家にもどった悠人は、直人の部屋をおとずれた。この日は当然、直人の高校も休みだ。

「どうだった?」

「直人が、はずかしくていえねえ、ってことは、ないと思うよ」

「そうか」

直人は、悠人が何もいわないうちに、スマホをわたした。

「サンキュー。助かった」

「充電しておいたから」

「あ、うん」

自分の部屋にひっこんでから、悠人は早速、渉の連絡先を登録した。それから、ラインを立ちあげて、友だち追加する。渉を通じて、哲矢ともつながった。坂和中の博貴にも連絡した。博貴の電話番号も、今日、試験会場で会ったときにきいてメモしていた。

　スマホでの友人は、まだ三人だ。

「そうだ、あいつも……」

　悠人はそうつぶやいて、直人に友だち申請をする。

「友だちじゃねえけどな」

　と自分でツッコんで笑う。それだけすませると、アラームを三時間後にセットして、ベッドにごろりと寝ころんだ。ひと眠りしよう、と思ったのだ。

　朱音の夢を見た。悠人は、夢の中でそれが夢だと感じていた。

　朱音を見つめているその視線が、ゆっくりと下に移動していく。少しつりあがった目から、唇。何かいおうとしているのか、少し開き加減だった。それから、あご、首筋、鎖骨、胸……。

　はっとして目が覚めた。アラームはまだ鳴ってはいなかった。そのまま、風呂場に行って熱いシャワーを浴びた。ついでに下着を洗う。約束の時間がまちどおしかった。

　夜八時五十分。

「走ってくる」

　母に告げて、悠人は外に出た。ちゃんと来てくれるだろうか。いや、来てくれるはずだ。会ったら何を話そうか。ずっと会いたかったと。何度いってもいいたりないぐらいに思ったと。朱音も、そう思ってくれるだろうか。

　昼寝のときに見た夢をぼんやり思いだす。見たことがないはずの朱音を見た。身体がじんじんする。なんでこんなに熱いのだろう。

　公園の入り口に足を踏みいれる。

　朱音は来ていた。最初に見たときと同じ、ブランコに座ってじっとしていた。悠人は、走りよった。それに気づいた朱音が、ブランコから立ちあがる。悠人は、少し乱暴に朱音の腕をひいて、そのまま抱きしめた。このまま、ふたりで夜空の果てにとばされてしまえばいい。

　だが……。

　ふれんばかりの距離で朱音の顔を見た瞬間、ほとばしる熱が、急速に冷めた。

　朱音は笑っている。悠人を見て笑っている。それなのに、その顔は疲れを隠せずにいた。

「何か、あった？」

　おそるおそるきく。それには答えずに、朱音は手にしていたトートバッグから、小

さな箱をとりだす。

「受験、おつかれさまチョコ」

「……ありがとう」

「嘘だよ。本命のチョコだから」

朱音はまた笑った。だが、やはりそれは、懸命に楽しそうな顔をつくっているとい
うふうだった。

「何が、あったの?」

真顔できくと、朱音の顔がゆがんだ。

「わかっちゃうんだね。うれしくて、くやしい」

「きくって、いったろ?」

「夜、空を見てくれた?」

「もちろん」

「わたし、何度も、変顔、思いだした」

「おれの?」

「そう。そのたびに、笑って。もしも、悠人の変顔、思いだせなかったら、くじけて
たかもしれない」

「少し、やせた?」

さすがに、やつれたとは口にできなかった。

「おじいさんが、亡くなったの」

「たおれたっていってたおじいさん?」

「うん。癌だった。そんなに長くないって、わかってたんだけど。でも、亡くなったとき、少しだけ、期待しちゃった。また、おばあさんが、来てくれるんじゃないかって」

「…………」

「ひどい人間だよね。最低だよね、わたし。だから、罰があたっちゃった」

「罰って?」

「……お母さん、おじいさんのことが、ショックでまいっちゃって。寒いのもよくないみたいで。こんな自分、生きてる意味ないって泣くの。わたし、どうしたらいいか、わからなくて。なだめたり、怒ったり。学校にも行けないときもあって」

「何日も?」

「二日かな、休んだのは。でも、母が病気で、っていえなくて。自分が風邪ひいたことにしたけど」

つらいときに、つかなくていい嘘をつかなければならないなんて、と思うと、むしょうに腹立たしくなる。でも、だれに対して？　その答えは、ない。

「ごめんな。話、きいてやれなくて」

「悠人のせいじゃないよ」

「和花ちゃんは、だいじょうぶだった？」

「……いろいろ、不安みたいで。あの子は、お母さんの病気のことが、ちゃんとわかってるわけじゃないから。あたしも学校行かないって、だだこねられて……なんとか行かせた。かわいそうだなって思う。でも、こっちもいらいらしてやつあたりしちゃう。まだ小二の子に。そんな自分が、きらい。ほんとに、きらい」

朱音の瞳からぼたぼたと涙が落ちた。ふたたび悠人は、朱音を抱きしめる。そして、耳もとで、

「おれは、好きだ。どんな朱音でも、おれは好きだから。大好きだから」

とくりかえす。

「早く春が来ればいいのに。せめて、暖かくなればいいのに。そしたら、お母さんの気分だって、少しはよくなると思うのに」

「そうだな」

「おじいさんのこと、好きだったんだよ。でも、お葬式、行けなかった。お父さんが

ひとりで行った。だって今、お母さん、ぜんぜん外に出かけられないの。時間がたて

ばよくなると思ったのに。ぜんぜんダメ」

朱音は、悠人の胸にしがみついて泣きじゃくった。悠人はただ、朱音の背を軽くた

たきつづけた。そしてようやく朱音が、みずからの手で涙をぬぐったとき、

「なあ、朱音。おれに何ができる？　できることがあったら、いって」

と、告げた。

「お風呂に入れない日があっても、きらいにならないで」

つい、笑ってしまった。

「あたりまえだろ。そんなことで」

「そんなことって、軽くいわないで」

涙の跡を残したまま、朱音は、頬をふくらませた。

「わかったから」

「わたし、ほんとは、泣き虫じゃないよ。わたし、強いから」

「わかってる。朱音は、強い。でも、泣きたいときは、泣けばいい」

悠人は、朱音の手をひいた。

「少し、歩こう」

しばらく言葉を交わすことなく、夜の道を歩く。朱音の手はひんやりと冷たい。悠人の手も冷えている。ここに来るまでの熱はもはやない。それでも、悠人の心は熱かった。

十分ほどの散歩を終え、また翌日に会うことを約束して、悠人は家に走ってもどった。

ダイニングで、母は新聞を広げて読んでいた。

「久しぶりに走れて、よかった?」

「うん、まあ」

冷蔵庫を開け、ウーロン茶をとりだして一気に飲む。

「あのさあ」

悠人は、母にむかって声をかけた。

「ん?」

母が顔を上げた。悠人は、母の正面に座った。

「前に、ヤングケアラーって、いってたじゃん」

「ああ。クラスの友だちのこと?」

「そうだけど、そうじゃなくて……つまり、新川んとこは、もうおばあさん、亡くな

ってるから」

「ほかに、そういう子が、いるの?」

悠人は、うなずいた。

「秋に知りあった友だちなんだけど、母親が病気で、たいへんみたいで」

「病気って?」

悠人は、失音のかかえる状況について、知るかぎりのことを話した。母親の病名や

精神状態について、さらには父親が単身赴任中であることも、年のはなれた妹がいる

ことも。母の眉が、きくほどに寄ってくるのが、悠人にもわかった。

ひととおり話したあとで、母が確認するように、悠人にきいた。

「友だちなのね」

「うん」

「大切な?」

それ以上だ。でもそうは口にしなかった。

こくんとうなずく。

「突然、たおれたんじゃ、たいへんだったでしょうね。私立の学校に電車通学してた
のなら、家事なんてほとんどやったこともなかったでしょうし」

「買いもの、なれた感じでしてたけど」

「それは、時間がたってなれたからでしょう。あんただって、急にやれっていわれ
て、何ができる？　とまどうばかりでしょ。だけど、現実はまったなしなのだから」

胸に鈍い痛みが走った。朱音がたいへんな思いをしていると、わかったつもりにな
っていた。でも、食事の支度や洗濯や掃除、妹の面倒。そうしたひとつひとつのこと
に、自分がどれだけ具体的に思いをいたらせたろうか。今さらながら、前に、自分が
いなくなったら、うちがこわれる、といっていたことが、胸にせまる。まだ十四歳の
朱音が、そんな思いで暮らしを支えているのだ。

「おうち、どこなの？」

「坂和ヒルズ」

「じゃあ、経済的にはこまっていないと思っていいのかしら。私立中学に通っていた
というし」

「たぶん。ローンは残ってるらしいけど」

「なら、だいじょうぶかな」

「だいじょうぶじゃないよ」

「そういう意味じゃないの。たとえば、母子家庭で、親が養育することができないと判断されたら、心ならずも別居を選ばなければならないケースもあるの。子どもは保護されて、養護施設に入る。そうすれば、看病も家事もやらなくてすむ。でも、どっちがいいかなんて、簡単にいえないでしょ」

曖昧にうなずくことしかできなかった。自分はまだまだ想像がぜんぜん足りていない。何もわかってない。そのことがくやしかった。

「おれには、その子の話、きくしかできないってことだよな。すごくたいへんそうだから、なんとかしたいけど、何もできない」

「悠人は今、自分にできることをしているじゃない?」

いわれたことがのみこめずに、悠人はいぶかしげに母を見る。母は、少しせつなそうに片頰だけを上げていった。

「おとなに、話してみること」

「…………」

「虐待とか、経済的な困窮というのは、とても問題になっているけれど、ヤングケアラーのことは、報道されることも少ない。いくつもたくさんいるけれど、知っている人

かの地域で、教師への聞き取り調査なんかもされてはいる。でも、まだまだ知らない人が多いの」

「なんで母さんは、知ってたの?」

「職場で、そういう研究をしている人の講演会をやったから。でも、世間の関心はまだ高いとはいえない。表から見えにくいし。本人が話したがらないケースも多いそうよ」

「その子も、友だちには話してないって」

母はうなずいた。

「小学生のうちだと、まだ口にしたりできる子もいるようだけど、中学生ともなると、先生にも友だちにも話せない、ということで、自分ひとりでかかえこんでしまう」

それは、まさに朱音自身の今の状況だった。

「学校では、友だちと楽しそうにしてるみたいだけど、話題があわなくなってしまうことがあるって」

家事と妹の世話で疲れて眠いときに、きょうだいげんかの話なんかされても、つい生返事をしてしまうと、いつだったか朱音がいっていた。

「そうでしょうね。そういう子は、どうしても、おとなになっちゃう」

「おとなに?」

「しっかりしてしまう。苦労は買ってでもしろっていう人がいるでしょ。苦労が人を成長させることもあるから。でも、わたしはそうは思わない。苦労なんてしない方がいいに決まってる」

「そうなのかな」

はたして、自分は、苦労をしてきたのだろうか。それとも、苦労知らずなのだろうか。

家の中が息苦しいと感じていた。父は不在だし、家庭ともめったに口をきかなくなっていた。家庭は冷えきっていると思っていた。それなのに今、朱音と出会ったことで、こうして、母とむきあっている。

「当事者自身が、責任感が強くて、家族のためにがんばりたいと思っている。誇りもある。だから、サポートが必要だという自覚をもっていないこともある」

「サポートって?」

「わたしには、その子を直接助けてあげることはできない。でも、何かアドバイスはできるかもしれない。今度、そのお友だち、うちにつれてきたらいいわ。わたしも、

「……断られたら？」

「悠人。なんらかのサポートを受けることは、その子に必要なことかもしれないでし
ょ。あんたにとって大切な友だちなら、がんばりなさい」

「わかった」

部屋にもどってから、なんで母に話したのだろうか、と自分でいぶかしむ。でも、
話してよかった。大切な友だちなら、がんばりなさい、がんばりなさい、という母の言葉がよみがえ
る。そのとたんに、つんと鼻の奥が痛くなった。

翌日の夜は、悠人の方が着くのがおそかった。朱音の表情が、昨日よりも、いくぶ
ん明るく感じられたことにほっとする。

「週末、お父さん、帰ってくる？」

「うん。その予定」

「あのさ、前に、家族ですごしたいっていったろ。気持ち、わかるけど、土曜か日
曜、ちょっとだけ、時間つくれないかな？　昼間に会いたいんだ」

「東京？」

「それは、春休みのお楽しみ。いやじゃなかったら、うちに来ないか。おふくろが

……会いたがってて」

そう口にしたとたん、なぜか赤面した。母について、以前、ずいぶんな言い方をし

たことを、朱音は覚えているだろうか。

「悠人の、お母さん？」

「うん」

「そうだね。じゃあ、行っちゃおうかな」

悠人の家に来るのを土曜の午後に決め、その日は、朱音の家の前まで悠人が迎えに

行くことにした。

14

県立の受験が終わったということで、教室の雰囲気はずいぶんのんびりとしたもの

になっている。私立は県立より入試が早い学校も多く、哲矢は、はやばやと第一志望

の大学附属の高校への入学を決めていた。

「もし、東高ダメだったら、どうしようかな、おれ」

渉が心配そうにいったが、

「だいじょうぶだよ」

と悠人は応じる。自己採点では、悠人も渉も、合格圏内には入っている。

「答案用紙に、名前書き忘れてるかも」

「渉が、そんな心配性だとは思わなかった」

哲矢が軽くからかうようにいった。

「合格したら、どっか行きたいな」

「卒業後がいいんじゃね?」

「哲矢、だれか女子つれてこいよ。カノジョのダチとか」

「高校に行けば、新しい出会いがあるよ。東高は、ほら、自由な校風だし」

渉と哲矢のあいだで、ぽんぽんと会話がとびかうのを、悠人はだまってきいていた。

「デートぐらい、したことあるぜ、って顔で、高校生になりたかったよな」

渉が、うらめしそうな顔でいった。

放課後、悠人は渉とならんで校門を出た。

「今度の土曜、うちに来る」

「……あの子？」

こくんとうなずいてから、あわてていいたす。

「母親が、つれてこいって」

「お母さんが、なんで？」

「非常勤だけど、役所で、福祉関係の部署で働いてる」

「そうか。悠人、覚悟したんだな」

「よくわかんねえけど、同情なんかじゃないって、思えたから。渉には、ちゃんと話さなくちゃって」

「くっそぉ、結局、先越されたか」

渉は悔しそうにいった。心の中では、渉に感謝しながら、あえて、

「ええ？　もともと、勝負見えてるだろ」

とすました顔でいうと、渉は胸もとに拳をつきつけてきた。それを受けて、わざとらしく痛がる真似をする。

渉と同じ高校に行けることがうれしかった。

坂和ヒルズの前に立つ朱音が見えた。

見覚えのある紺色のダッフルコートを着てい

悠人は軽く手を上げて、小走りに近づく。

朱音が、紙袋を手にしていたので、

「もとうか？」

ときくと、首を横にふった。

「だいじょうぶ。田舎から送ってきた、林檎。友だちの家に行くっていったら、もってけって」

前に、スーパーでばったり会ったときも、荷物をもたせてくれなかった。朱音は、そういう子なのだと思い、だから余計に愛しくなる。

「おれ、林檎好きだよ」

「よかった。妹がね、ついてきたがって、こまった」

朱音は、小さく笑った。

「あのな……」

いいかけたものの、言葉が続かない。でも、あらかじめ伝えておかなくては……。

「何？」

「おれ、朱音の家のこと、母親に、話した。ごめん、このあいだ、ちゃんといえなく

て」

「…………」

「それで、おふくろが、朱音と話をしたいって」

「どうして、なの？」

「ヤングケアラーって言葉、前にいったよな。あれ、おふくろに教わった。役所で、福祉関係の仕事してるから。講演会を企画したりすることもあるらしくて。未成年の子たちが、家族の介護にかかわっていることも、少しずつ知られるようになってるんだって。朱音の家は、お母さんだけど、これから、ふえるんじゃないかな、高齢化社会だから」

「そっか」

「いやなら、やめてもいい」

朱音は、ほんの一瞬、思案顔になったが、すぐに、行く、といってくれた。それでも悠人は少し心配だった。母は、けっしてとっつきやすいタイプではない。お愛想もあまりいわないから、緊張させてしまうのではないだろうか。

ふたりは、あまりしゃべらずに歩き、およそ十五分で、悠人の住む団地に着いた。

「古いだろ、ここ。建てられたの。四十年以上前らしい。まあ、家賃は安いけど。うち、貧乏だから」

「ずっと、ここなの？」

「生まれたときから。こっち。エレベーターもねえんだよな」

三階まで、縦にならんで階段をのぼり、家の前に来ると、悠人はみずから鍵を開けて、

「せまいよ」

といいながら、朱音を招じいれた。

母は、ここが自分の居場所、とばかりに、ダイニングのテーブルの、シンクに近い方の椅子に座っていた。それでも、いつもとのちがいは、テーブルの上に、急須と湯飲み、茶菓子が用意されていたことだ。

「えーと、母さん。で、この人が、坂和中二年の、富沢朱音さん」

「はじめまして、富沢です」

朱音が母にむかって頭を下げた。

「ようこそ。どうぞ、座って。せまくるしいところだけれど」

「はい。あの、これ、田舎から送ってきた林檎です。召しあがってください」

朱音が、袋をさしだした。

「あら、そんなに気をつかわなくていいのに。でも、せっかくですからいただくわ

ね。悠人、お茶を淹れてちょうだい」

　急須を見ると、すでに茶葉が入っていたので、悠人はポットの湯を注いで蓋をする。そのあいだに茶托の上に湯飲みをうつし、最中の入った菓子皿をテーブルの真ん中においた。

　淹れた茶を朱音の前にさしだすと、

「ありがとう」

と、小さく笑った。

　母が茶を飲むと、朱音も遠慮がちに湯飲みを手にとった。

「朱音さんは、悠人のこと、好き？」

　母の直截なもの言いに、悠人は狼狽した。

「何それ？　母さん、なんだよ、それ」

　けれど朱音は、まっすぐに母を見ていった。

「はい。好きです」

「ありがとう。悠人を好きになってくれて。とてもうれしいです」

　あわてて何かいおうとした悠人をスルーして、母がまた口を開く。

「公民って、三年生でやるんだったかしらね。憲法のことは、勉強したことがあ

「る?」

「はい。少し」

「わたしは、憲法でいちばん大切なのは、人権だと思うの。それから、日本には、教育基本法という法律も、児童福祉法という法律もあるし、児童の権利に関する条約、という国際条約の批准もしている。どういうことかというとね、もちろん、おとなもだけれど、とくにあなたたち子どもは、健康で文化的な暮らしをする権利があるし、教育を受ける権利があるということです」

「…………」

「もしも、それができてないとしたら、阻害要因はとりのぞかれなければならないの。そのためには、必要なサポートを受けられるべきなの。わたしのいうこと、わかる?」

「はい」

きっぱりいってから、朱音は口を真一文字に結んで母を見つめた。

「残念ながら、福祉も行きとどかないところだらけだけれど」

母は、小さくため息をついてから、また口を開いた。

「学校の先生には、話しているの?」

「……いえ、ちゃんとは話してません」

「いいたくない?」

朱音がこくんとうなずいた。

「でも、家のことがいろいろあって、たとえばだけど、宿題をやる時間がなくなったり、ときには遅刻したり、休まなくちゃならなくなったりすることがあるとしたら、先生が事情をわかってないと、単になまけてると誤解されない?」

悠人は少し驚いて母を見た。遅刻したことも、勉強時間を確保できないことも、今、まさに朱音が直面している問題だ。

朱音もまた、目を開いて母を見てから、そっと悠人に視線を移す。

「……でも、わかってくれない気がして。しかたないかなって。だって、母を助けられるのは、わたしだけだから」

「がんばり屋さんなのね。でも、あなたを助ける人がいてもいいと思うの」

「わたしを、ですか?」

「先生に話しづらかったら、スクール・ソーシャル・ワーカーの人に話してみるという手もある。ときどき、来ているでしょ」

そういえば、そんな肩書きの人が、たまに悠人の中学にも来ている。おそらく、坂

和中でも同じだろう。

「はい。でも、話したことは、ないです。というか、考えたこともなかったです」

「そうかもしれないわね。きっと、精一杯、ひとりでがんばってきたのね」

「…………」

「でも、スクール・ソーシャル・ワーカーは、困難な事情をかかえている生徒の話をきいて、解決のために支援するのが仕事なのだから。必要があれば、福祉サービスにつなげてくれることもあるかもしれない。お母さんが病気なのはほんとうにお気の毒だけれど、ヤングケアラーという視点から見れば、あなた自身が当事者なの。残念なことに、あなたのような立場の若い子たちに対して、まだまだ支援体制は整っているとはとてもいえない。今の制度では、介護を子どもがになうという発想がないから。支援が必要だという世間の認識も弱い。でも、実際には、そんな家庭がいくらでもあるし、これからますますふえそうなのに。何よりも、ひとりでかかえこまないでほしいの」

朱音は、

「……はい。ありがとうございます」

といって頭を下げた。

「しっかりしてるね」

「そんなことないです。うちのこととか、ぜんぜんできなくて。今は、少しなれたけど」

「突然だったんだもの。無理もないことよ」

「でも、自分がダメだなって思いました。無力だなって……。わたしじゃ、母を安心させられないんです。母は、父がいるときの方が、体調がいいみたいで。そんなとき、わたしじゃダメなんだなって、思っちゃって」

朱音の瞳がうるむ。それでも懸命に瞬きをして、涙があふれるのをこらえている。

間合いをとるように、茶をすすった母が、また口を開いた。

「でもね、そんなふうに考えてはダメよ。あなたはすごくがんばってる。けれど、なんでも自分でがんばってしまうのが、自立ではないの。他人に助けを求めることは、大切なことなのよ」

「………」

「お父さんは、おいそがしいのかな?」

「はい。母がたおれる前から、名古屋に単身赴任してました。新しいプロジェクトに

「もしかしたらだけど、お父さんは、あなたがやっていることを、ちゃんとわかってない、ということはないかしら」

朱音の視線がゆらいだ。

「あなたのお父さんは、はなれて暮らしているから、いろいろ気がつかないこともあるし、男の人の中には、どうしても家事のようなことを軽く見てしまう人もいるの」

「……そうだと思います。それに、父は、母がひどいときの様子を、あまり見てないから」

「それは、つらいわね。でもやっぱり、お父さんにちゃんとわかってもらうことは、大切だと思う。学校にきちんと状況を理解してもらうにも、お父さんから話してもらった方がいい。たとえ、あなたのやることが何もかわからないとしても、父親という立場として、わかっている、ということが大事なんじゃないかしら。何よりも、もっとも身近な人に相談できることは、とても重要だと思うのよ」

「……はい」

「話せる?」

「はい。ありがとうございます」

「だれかに、話してもらうことを考えてもいいのよ」

「だいじょうぶです」

朱音は、もう一度頭を下げてから、立ちあがると、悠人を見た。

「送るよ。ちょっとまってて。ついでに買いもの行くから。財布もってくる」

悠人は、自分の部屋に行って、引き出しから財布をひっぱりだして、ポケットにつっこんだ。鏡を見ると、髪が少しはねていた。こんな髪でずっと朱音に対峙していたのかと思うと、少しがっかりしながら手でなでつけた。

ダイニングにもどると、ふたりで何を話していたのか、朱音がおかしそうに笑っていた。

外に出ると、日はだいぶかたむいていたが、日没には間がありそうだ。

「だいぶ、日が長くなってきたな」

思わず伸びをしながら、悠人はいった。風はまだ冷たいが、真冬の刺すような感じではなくなっている。

「もうすぐ、春だもの」

「さっき、何、笑ってたの?」

悠人がきくと、朱音はまた思いだしたように、笑顔を見せた。

「悠人のこと、よろしくって」

「それ、おかしくないだろ」

「そんなこと、いったの?」

「それだけじゃないよ。悠人のこと、きいたから。小さいころは、お兄ちゃん子だったとか」

悠人はかすかに眉を寄せた。

「そんなこと、いったの?」

「うん。でも、お兄ちゃんより、心配しなかったって。病気もあまりしないし、なんでも自分で決めてしまうって。手がかからない子だったって」

「ちげえよ。手をかけなかったんだよ。おれ、親から期待されてないし」

「そんなことないよ」

「そうなんだって。兄貴ができすぎくんでさ。柏木家の期待の星だから」

兄と己をくらべて悶々としたこともあったが、今は、兄は兄、自分は自分と思える。それでもやはり、母は兄の方が大事なのだ、という気持ちは払拭できない。

「合格発表、もうすぐだね」

「おれ、受かってるかな」

「ぜんぜん心配してないよ。でも、すぐに、知らせてくれる?」

「最初に知らせる。そうだ、スマホとか、もってる?」

「うん」

朱音が自分のスマホをとりだしたので、悠人もポケットから出して、すぐにラインの友だち追加をする。

「けど、ふだんは、連絡しないから」

家のことでたいへんな朱音に、わずらわしい思いをさせたくない。

「うん。わたし、友だちには、話してないんだ」

「スマホもってることを?」

「だって、いちいち返事できないし」

たしかに、すぐに応答しなければ、おそいと文句をいわれてしまうかもしれない。

そもそも、家の仕事をしているときに、もってないことにしてしまう方がいい。だったらいっそ、もってないことにしてしまう方がいい。クラスメイトたちとラインなんて、やれるはずもない。

「やりとりする時間、決めよう。そのときだけ、連絡する。けど、もしも、朱音が、きついって思ったら、連絡して。いつでも。夜中でもいいから」

「ありがとう。今日は行ってよかった。悠人のお母さんと、話せてよかった」

「そう思ってくれるんなら、おれもよかった」

そう、自分にとっても……。ほんの少し、今まで知らなかった母を見たような気がする。そしてくやしいことに、己はまだ、未熟な中学生でしかないと、思い知らされた悠人だった。

「あのね、わたし、東高に行きたい。悠人と同じ高校に。それと、お母さんが元気になったら、髪、のばす」

母親が病気になる前は、髪が長かったと、以前にきいた。悠人は、朱音を見て、ロングヘアの姿を思いえがく。ひとつ、楽しみがふえた気がする。

坂和ヒルズが見えてきたが、ふたりはそのまま、通りすぎて公園に行った。休日なので、小学生の姿が多かった。ブランコも、すべり台も、小さな子どもたちが遊んでいたので、近よることはできなかった。

「はじめてだね。ほかに人が来てるときに、ふたりでここにいるのって」

「これからは、いろんなところに行こう。いろんなものを見ような、いっしょに」

朱音は、悠人の目をしっかり見つめてうなずいた。

15

悠人は、無事東高校に合格した。

ラインですぐに朱音に知らせると、おめでとう、という派手なスタンプが届いた。

自分の合格を掲示で確認した直後、渉とばったり会った。渉も無事合格していたの

で、ふたりで手続きの書類をもらってから中学に行って、担任にも報告した。それか

ら、ファストフードの店に行くと、ハンバーガーを食べ、コーラで乾杯した。

そうこうするうちに、坂和中の博貴から、おめでとうメッセージが届く。

　春から、いっしょやな。走るで――。

　意味不明の関西弁に小さく笑う。以前、博貴は、いっしょに陸上をやろうといって

いた。知った人間がいるのは心強い。

陸上は続ける。でも、それだけをしているわけにはいかない。

「カノジョ？」

ときかれて、画面を見せる。

「塾友。坂和中の陸上部なんだ。受かったって」

「なんだ、野郎か」

「こいつ、妹いるよ」

「マジ？　かわいい？」

「まじめそうな子で、一高目指してるって」

「うわ、やべぇ」

夕方、悠人が家にもどると、母がちらし寿司をつくっている最中だった。直人は、エプロン姿で洗いものをしている。

「なんか、ひな祭りみたいだな」

とつぶやくと、ふりむいた直人が、あきれ顔でいった。

「おまえ、親にぐらい、すぐ連絡しろよ」

「連絡って？」

「発表だろ？」

「っていうか、なんでちらし寿司？」

「合格祝いよ、悠人の」

「なんで知ってるの?」

直人が、サイトでチェックしてくれたのよ」

母の言葉に、悠人が兄の顔を見ると、むっとした顔で視線をそらした。

「マジかよ。っていうか、エプロン、似合わねえ」

悠人は思わず笑ってしまった。

「夕飯になったら、呼ぶから、部屋でまってろ」

直人にいわれて、悠人は素直に自室にひきあげた。ご飯だと呼ばれたのは、三十分ほどあとのことだった。

「合格おめでとう」

母と兄から口々にいわれ、悠人はぎこちなく言葉を返す。

「……ありがとう」

家族にむかって、ありがとう、などと口にするのは、なんとも気はずかしかった。

食卓にならんでいるのは、ちらし寿司とサラダ、唐揚げ、煮もの、味噌汁などだ。

いつもよりいく分にぎやかな食卓だった。

「健一さんにも声をかけたけど、今日は仕事で関西なんですって」

母は、ついでのようにいった。このまま両親の別居はずっと続くのだろうか。気に

はなるが、それはふたりが決めればいいことだ。

「親父、もどる気ねえのかな。いい加減にすればいいのに」

ぽつりと直人がつぶやいた。兄が、もどってほしいと考えているらしいことに、悠

人は少し驚いた。しかし、話題をかえるように母の方を見ていった。

「金、貸してほしいんだけど」

「お金?　いくら?　何に使うの?」

「三万ちょっとぐらいかな。おれ、高校には自転車で通うから。自転車、買いたい。

金は、バイトして返す」

「バイト?」

「高校生になったら、バイトする。東高の陸上部は、そんなにきびしくないし、週

に、二回ぐらい、三、四時間も働けば、こづかいひいても、夏休み前に返せるし、ス

マホ代もはらえるかなって」

「わかった。でも、自転車は、定期代が必要なくなるから、買ってあげる」

「ずるい。おれには、バイトするなっていったろ」

直人の抗議に母は、かすかに首をかしげる。

「何をいってるの？　バイトするな、なんていってないでしょ。バイトしてもいいかってきかれたから、しなくていいっていっただけよ」

「するなってことだろ」

「ちがうでしょ。だいたい、悠人は、なんでも自分で決めちゃうのよ。だから、とやかくいってもしょうがないの。でも、あんたは、わたしにきくから、わたしの考えをいってるだけよ」

「っていうか、直人は、来年受験じゃん。東大行くんだろ」

「行かねえよ」

「じゃあ、どこ行くの？」

「おまえにいう必要、ねえだろ」

「まあ、がんばれよ」

というと、直人は一瞬顔をしかめたが、すぐに真顔になった。

「東高は、悪くないよ。むしろ、校風が自由な分、個性が強いやつが多いらしい。でも、ちゃんと勉強しろ。勉強は、おもしろいから」

悠人は、素直にうなずいた。

朱音から会いたいと連絡があったのは、三月三日の夜だった。

ラインでやりとりをして、次の日の夜九時、公園で会うことにした。

夜の公園に、一歩足を踏みいれる。　朱音の姿はまだ見当たらなかった。　ふと、花の

香りを感じた。なんだろうかと、頭をめぐらしたとき、入り口から朱音が小走りで近

づいてくるのが見えた。

「梅の花が、咲いてる」

「ああ、梅の香りか」

「桜もいいけど、梅もいいよね。あ、でも、今日は桃かな」

そういいながら、朱音は袋に入った包みをさしだす。

「お誕生日、おめでとう！」

「あ、うん。っていうか、よく覚えていたな」

「そりゃあ、忘れられないよ」

朱音がおかしそうに笑った。　その表情が明るかったので、

「何か、いいことあった？」

ときく。

「うん。でも、先に開けてみて」

せかされて袋の中からとりだすと、ランニング用の白いソックスが出てきた。

「陸上、続けるんでしょ」

「うん。ありがとう。すげえうれしい」

「よかった」

「で、いいことって?」

「あのあと、お父さんに話した。お母さんのふだんの様子。悪いときには、ほんとに

たいへんだってこと」

「そしたら?」

「ちょっと、だまっちゃって。苦労をかけて、ごめんって」

「お父さんが?」

「うん。それで、怒っちゃった。あやまらなくていいんだよ、ちゃんと考えてって。

それから、勉強、おくれたくないって」

「そっか」

「東高に行きたい。でも、今のままじゃ、受からないかもしれない。遅刻、多かった

し、休んだこともあった。そういうのって、内申、影響しちゃうでしょ。それで、

一昨日、担任の先生のところに、お父さん、話しにいってくれた。そしたら、昨日、

「いわれた」

「担任から？　なんて？」

「ちゃんと話してほしかったけど、富沢さんが、そんなにがんばって家のこと手伝って、えらいと思った、とかいってたかな」

「わかってねえなあ」

「けど、ほっとした。正直いって、わかってくれたとは思ってない。でも、わかってなかったことはわかったみたいだから」

「わかってないことにさえ、無自覚なやつっているもんな」

「……あとね、お父さん、もどってくるの。ほんとは、あと一年は、あっちの予定だったんだけど。人事部に事情説明して……。四月から東京の本社にかわることになった」

「ほんと？　それはよかった」

思わず声をはずませると、朱音もうれしそうにうなずく。

「それからね、悠人のお母さんにいわれたこと、お父さんに話した。ヤングケアラーのこととか。お父さん、ぜんぜん知らなかったよ。でも、わたしに、悠人みたいな友だちがいて、よかったって」

「友だちかあ」

「そういうしかないでしょ」

といわれれば、反論はできない。自分も、朱音を友だちだと母に告げているのだから。

「まあ、そうかな」

「あとね、相談できるところもあるって、悠人のお母さんが教えてくれたでしょ。お父さんと、いろいろ調べてみようって話した。今すぐってことじゃないけど。何も知らないのと、いざというとき、相談できる場所があることを知ってるのって、ぜんぜんちがうんだって思った」

「おれのこともさ、少しはあてにしてほしいな」

「夜の散歩、すごくありがたかったよ。でも、これからは、わかってくれてる人と……悠人と、会えるんだよね。だから」

「だから？」

「だからもう、わたし、夜の散歩、やめる」

きっぱりとした口調だった。

その日が、悠人と朱音が、坂和公園で夜に会った最後の日となった。

　　　　＊

　　　　　　＊

　　　　　　　　＊

　卒業式の日が来た。

　保護者として、父が出席することになった。悠人の母は、出勤日なので出席できないという。兄の卒業式には、仕事を休んで列席したことが頭をかすめた。数か月前だったら、そんなことにももやもやした気持ちになったかもしれない。

　悠人は、

「べつに無理に来なくていい」

と父にもいったが、父の言い分では、たまには父親らしいことしろ、と直人にいわれたという。

「まあ、節目だよな。十五の春は」

「節目？」

　その日は、父が家まで迎えに来て、ふたりで学校にむかった。久しぶりに見る父のスーツ姿だった。

　式場に入ると、思ったより父親の姿が多かった。もっとも、それは、両親そろって

の参列なのだが。そんな父親たちの中で、悠人の父は、どことなく異彩を放っていた。

なれ親しんだクラスメイトも明日からはばらばらになる。そのことをしみじみ考えたとき、なるほど、節目なのだと思った。とはいえ、卒業式にさほどの感慨があったわけではない。別れに臨んで涙ぐむ女子もいたが、悠人には、いちばん親しい渉と高校が同じだという安心感もあった。その渉からは、

「悠人の親父さんって、なんかカッコいいな」

といわれて、驚いた。

「どこがだよ、あんなダメ親父」

そんなふうに毒づいたが、内心では悪い気がしなかった。

式が終わって、体育館から出るとき。

「そういえば、おまえ、ガールフレンド、いるんだって?」

父にいわれて、のけぞりそうになった。朱音のことを父に話したことはないし、母が話すとは思えない。

「なんだよ、それ」

「直人が、おまえに先を越されるとはって、くやしがってたぞ」

母は父には話さないだろうが、兄には話したというわけか、と納得した。

「先を越されるも何も、あいつの方がもてるし」

「もてるのと、ガールフレンドができるのとは、ちがうんだよ」

誕生日プレゼントをもらったあとも、悠人は朱音と何度か会っており、昨日も十五分ほど話した。ただし、昼間だ。

あいかわらず、朱音の暮らしはたいへんそうだから、そんなに長い時間会っていられるわけではない。朱音の妨げにならないようにしながら、少しでもいっしょにいられるようにと、買いものにつきあったりしている。妹の和花にも三度ほど会った。和花は、悠人にも少しなついてくれるようになった。

母親の状態は、よかったりあまりよくなかったりをくりかえしているようだった。

それでも、父親がもどってくれば、きっと今より、いろんなことがよくなる。そう信じてる、といった。

「春休みに、東京に遊びに行く」

「カノジョと?」

「……まあ、そうかな。どこがいいだろ」

「何をしたいかだろう」

「だよな。……やっぱ原宿とかかな」

「おれにきいてどうすんだよ」

と父は笑った。

「つぶやいただけだろ」

「直人な、京都の大学に行きたいそうだ」

「嘘だろ?」

「嘘ついてどうする」

「いや、そういう意味じゃなくて、マジかよ」

「あっちの大学で、教わりたい人がいるんだとさ」

「……母さん、さびしいんじゃね?」

「かもな。けど、陽子は反対はしないよ」

「まあ、そうだろうけど」

とくに根拠もなく、自分の方が先に家を出るような気がしていたのに、と悠人は思った。そんなふうに漠然とした思いを裏切られながら、人生は進むものなのかもしれない。

中学校の門を出る。生徒としては、今日が最後だ。そのとき、スマホの着信音がして立ちどまる。とりだしてみると、ラインに朱音からのメッセージが届いていた。

卒業おめでとう!!

わたし、髪、のばすことにした!

Thank youというスタンプを返す。すると、すぐにまた、メッセージが届いた。

「カノジョか?」

父のにやにや笑いには応じないで、

「高校って、はじめて自分で選んで行くとこなんだな」

と告げた。一瞬、真顔になった父は、すぐにくしゃっと顔をくずして、悠人の肩をこづいた。

悠人は、少し胸をはるようにして、父の半歩前を歩きはじめた。

ヤングケアラーのこと （あとがきにかえて）

この作品は中学生の恋愛物語ですが、ヤングケアラーを重要なテーマにしています。

わたしがヤングケアラーの問題に興味をもった数年前は、周囲の人にきいても、言葉自体を知らない人がほとんどでした。今でこそ、マスメディアなどでもだいぶ報道されるようになってきましたし、埼玉県では、本年（二〇二〇年）三月、ヤングケアラーへの支援をもりこんだ「ケアラー支援条例」が制定されましたが、子どもの貧困や虐待などにくらべ、まだまだ注目されることが少なく、きちんとした実態調査もされていません。けれども、現実には家族の介護をになっている小中学生や若者は少なくないのです（毎日新聞は、二〇一七年時点での十五歳から十九歳のケアラーは三万七千百人、という推計値を報告しています）。

そして、本文にも書きましたように、そもそも子どもは介護の担い手として想定されてないこともあって、援助の手をさしのべにくい現状にあり、精神的時間的な負担をしいられていることがまわりに見えないまま、放置されるケースも少なくありません。

じつは、うかつなことに、当初は自分のことに結びつけてはいなかったのですが、

書き進めるうちに、わたしもまた、ヤングケアラーだったのかもしれないと思いいたりました。

母の病気とむきあった小学四年生からの数年は、家庭内で一定の役割をになうことが必然でした。幸いきょうだいが多く、孤独に苦しむことはありませんでしたが、それでも、学校で母の病気について話すこともなく、友人たちとはちがう景色を見ているような感覚が子ども心にもあったことを思いだしました。

この問題がもっと社会的に認知されて実態があきらかとなり、行政やその他の支援が進むこと、つらい思いをする若者が少なくなることを願っております。

執筆にあたり、澁谷智子先生のご著書『ヤングケアラー　介護を担う子ども・若者の現実』（中公新書）を参考にしました。また、「ケアを担う子ども（ヤングケアラー）についての小平市調査報告会」（二〇一九年一月）などの勉強会では、多くを学ばせていただきました。

成蹊大学非常勤講師で、ご自身にもヤングまたは若者ケアラーとしてのご経験がおありの松﨑実穂先生には、お話をうかがったばかりでなく、原稿のチェックもしていただき、たいへんお世話になりました。あらためてお礼を申し上げます。

二〇二〇年七月

濱野　京子

文庫版あとがき

二〇二〇年十一月に、児童文学の作品として世に出た『with you』（くもん出版）が、このたび、一般読者を対象とする講談社文庫という形で出版されることになり、大変ありがたく思っております。

物語の主要人物である中学二年生の朱音は、ヤングケアラーですが、この一年半あまりの間に、ヤングケアラーについて、社会の認識は大きく変わりました。単行本が出版された頃は、ようやく関心が広まりつつあるという段階でしたが、今では、新聞などでもヤングケアラーという文字を頻繁に目にするようになりました。テレビ番組でとりあげられることも以前に比べて増え、たとえばNHKの首都圏ネットワークでは様々な切り口で報道しており、ウェブサイトも充実しています。二〇二一年の新語・流行語大賞では、トップテンに入らなかったとはいえ、ノミネートの三十語に入ったのには、驚きを禁じ得ませんでした。

厚生労働省のヤングケアラーに関するウェブサイトでは、用語の解説や現状だけでなく、相談先なども明記されています。先陣を切った埼玉県以外でも、ケアラー支援

の条例が制定されたり、制定に向けて動いていたりする地方自治体も少なくなく、行政の対応なども、執筆当初とはずいぶん変わってきたことを実感しています。急速に社会の関心が高まる中、様々な調査も行われ、支援の手が広がりつつあることを、喜ばしいことと思ってはいます。

とはいえ、十分に知れ渡ったかといえば、そうとも言い切れないようです。

『with you』は、二〇二一年度の青少年読書感想文全国コンクールの課題図書に選定されたこともあって、私のほかの作品に比べると、多くの方に読んでいただくことができましたが、この本でヤングケアラーを知った、という感想も少なくありませんでした。

また、言葉が知られ、状況への理解が進んできたとしても、当事者である子どもや若者が、ただちに支援にむすびつくことが可能になったわけではありませんし、一人親家庭が増加し、少子高齢化も進む中で、ヤングケアラーがますます増えていく可能性も懸念されます。

私がヤングケアラーという言葉を知った時、最初に気になったのは、彼らが奪われているものについてでした。すなわち、子どもが子どもとして過ごすこと、具体的に

は、本来その年代に必要とされる学びや遊び、休息などが十分に得られていない、ということです。ですので、これをテーマに書こうと思った際、頭の中にあったのは、ヤングケアラーの子が抱える困難を伝えたいというよりは、子どもの権利という観点から考えたいということでした。それは、十代で母の病気と死を身近に見てきた自分自身が、周囲の友人たちとは違う思いを抱き、違う景色を見ていたのではないか、と大人になって思い至ったからかもしれません。

実態が把握しづらい、その存在に周囲が気づかない、といった状況がいっそう改善されること、そして、子どもや若者がケアを担うことから解放され、育ち、守られるという権利が十全に保障されることを願ってやみません。

今日の社会には、若い世代に困難を強いる様々な問題、貧困や暴力、多様性への無理解など――それはとりもなおさず、大人社会の問題でもあります――が山積しています。日本も批准している子どもの権利条約の、本当の意味での実現に向けて、私たち大人が何をしていかなければならないか、コロナ禍、気候危機、そしてロシアによるウクライナ侵攻のただ中にある今だからこそ、未来に希望をつなぐためにできることを、書き手として、また一人の人間としても考えていきたいと思います。

ひじゅん

『with you』はヤングケアラーをテーマにした物語だと見なされることが多く、それは間違っているわけではないのですが、あえてどんな作品かと一言で言うならば、中学生を主人公とする恋愛小説です。また、自分と他者の捉え直しという、私がずっとこだわり続けているテーマも書きたかったことの大切な要素です。

もちろん、ひとたび作者の手を離れて作品となったものをどう読み、何に着目するかは、一人一人の読者にゆだねられています。　願わくは、この本を手にしてくださった方それぞれの読書体験が、実りあるものとなることを。そうであったとすれば、書き手としてこれほどうれしいことはありません。

二〇二二年六月

濱野　京子

対談　解説にかえて

（「リエゾン―こどものこころ診療所―」モーニングKC）

ヨンチャン（原作・漫画）

竹村優作（原作）

ヨンチャン　「ヤングケアラー」というテーマを持った作品だったので少し気を引き締めて読み始めましたが、深刻になりすぎず、楽しく読み終えることができました。まず、活字の持つ魅力はすごいな、と感じました。中学生の主人公が走ったり、初日の出を見に行くシーン。活字だと動作ひとつひとつを表現しながら読者に細部を想像させるような楽しさがあって、うらやましいというか、ちょっと嫉妬したりしましたね。

竹村　漫画は心の声をなかなか出さない表現かも。小説だと、主人公の心の動きや、思っていることをストレートに文章で書けますよね。その辺りが描き方としての大き

な違いであり、それぞれのいいところなのかなと思いました。

　自分が「小説ならでは」だと思ったのは、物語の中心人物が中学生同士ということです。

ヨンチャン　ヤングケアラーの啓発動画や厚生労働省の資料だと、教師や福祉職の方など大人から見た子どもの切り口が多いので、「with you」（本書）のように子ども同士のやりとりの中からヤングケアラーの存在に気づいていくっていう切り口が、国発信の資料にはないですね。

竹村　そうですね。子どもが子ども以上の役割を担っていることが問題なので、その問題を子ども同士で発見するのはなかなか難しく、厚生労働省も求めていません。

　さらに主人公二人は同じ中学でも幼なじみでもなくて、全く面識もない初対面の相手で、相手が何をしているのかもわからない状態からのスタートなので、最初は多少のおせっかいというか、一歩踏み出さないと、なかなかその相手の状態に気づかない。そこが、ヤングケアラー問題の難しさであり、この小説の面白さなのかなと思いました。こういう切り口は「リエゾン―こどものこころ診療所―」では描けなかった

ことなので、一番印象に残った部分です。

ヨンチャン 僕にはすごく現実的なこの時代の本だなという印象もありますね。登場人物が受験生という設定によるところもあるんですけれど、キャラクターを紹介するとき、説明の中に親の学歴とか職業とかの描写があったり、学力主義的な細かい演出に現代性を感じます。

竹村 その中でヤングケアラーのヒロイン・朱音がいて、周りのみんなが勉強や部活を頑張っている中で一人、自分が家事をしないといけない。他の中学生たちとのギャップがありますよね。自分の人生を生きられないという部分もうまく描かれていて、感情移入しやすかった。

ヨンチャン それでもやっぱりボーイミーツガールですよね！ 児童書でもあるので、あまりハードな内容にならない程度でヤングケアラーっていう言葉や認識を広げつつ、本命は中学生の男女の出会いと成長を描いてる本だと思います。自分の青春時代に戻ったような感じで、思わずニヤニヤしながら読みました。

竹村　中学生同士の男の子と女の子が出会う話となると、やっぱり恋愛を前提にした話になりますが、ヤングケアラーという一つの社会的な背景がプラスされたってことで独特な読み味になっていましたよね。男子から見たちょっと気になる女子という目線からの入り方、興味深いですし、現実でもよくありそうです。

ヨンチャン　男女三対三でフードコートでデートみたいな感じになって、そういうときの、チラチラ目があったりとかするような描写、僕もときめきました。「その気持ちめちゃくちゃわかるわ」みたいな。相手の存在を考えるだけで幸せになったりとか。一番純粋でプラトニックな愛をこの時期しか体験できない――本当に大事な経験だと思いますね。

竹村　主人公二人を含め、キャラクターの描き方も新鮮に感じました。中学生だと自分の家を基準に周りを見るので、介護や小さい子どもの面倒を見るなどの役割は、自分の家に存在しないとわかりにくいし想像しにくいと思います。ストーリーの中にあるように、さらっと会話の中で出てきて初めてクラスメイトが祖母の

介護をしていたことを知るというように、仲の良い友達であってもなかなか知ることができないような絶妙な距離感で、現実に近いと思いました。

ヨンチャン　悠人を含め、登場人物みんな、受験に対する意識がすごく高いですね。ちょっと驚きました。塾での会話も受験のことばっかり話しているし、悠人はジョギングする時間をとるのも苦労している感じで……。勉強する時間もとれないヒロインとの対比でしょうか。

竹村　思春期ならではの「真っ直ぐな先入観」のようなものが子どもたちにあると思うんです。「受験はしなければならない」だったり、「偏差値が高い学校を目指すべきだ」だったり、それを正しいと思って突き進んでいく「思春期のあるある」みたいな。中学三年生や高校三年生だと、受験で頭がいっぱいになって休み時間の会話も受験ばっかりになるっていうのは、割と塾でも学校でも「あるある」だと思いますし、何かきっかけがないと変わったり疑ったりしない認識だと思うので、主人公の変化や成長が描かれていたのが面白いなと思いました。

ヨンチャン　悠人とお兄ちゃんとの関係とか、お父さんとの関係はすごくリアルに描かれていて、先ほども話しましたが、普通の青春小説っていうよりは、現実社会を切り取るような描き方ですね。竹村さんの中学時代と比べてどうですか？

竹村　自分も次男だったので、長男に対する思いに共感しながら読みました。「兄の方が得してるな」という思いがありながら、自分が兄の歳に追いついてみたら認識が変わったり。自分の場合は歳が離れているので、悠人ほどコンプレックスは持たなかったものの、なんとなく葛藤がありましたね。

ヨンチャン　悠人は次男で「お兄ちゃんの方がいいな」「お兄ちゃんはずるい」みたいにずっと思っていたのに、兄の考えていたことがわかると、一気にその見方が変わって、世界が一変する。そうした体験も思春期ならではのものであり成長だと思います。恋愛以外の重要な要素だと思いました。

●「ヤングケアラー」ってどんな人たちでしょう

竹村 厚生労働省の定義では、「大人が担うような家事や仕事を行っているその十八歳未満の子ども」というような、法令上の定義ではないんですけど、一応定義自体はあるんです。でもしっくりくるようでこないというか。

ヨンチャン 小説の中でも「家の手伝い」とヤングケアラーの違いみたいなのが、象徴的に描かれていましたよね。「お手伝いじゃない」っていうような。

竹村 「お手伝い」の定義は「子どもの能力でできること＋子どもがそれをできないとき、代わりにやってくれる親なり、大人の存在がある」ことかな。子どもに選択肢があって、もし拒否した場合でもそれがすぐ家庭の崩壊につながらないのが「お手伝い」。自分に選択肢がなくて、自分が担い手にならなかったら家族が崩壊してしまうようなことを子どもが担っていることがヤングケアラーなのかな。

ヨンチャン　介護や食事の用意を自分がしなかったら、もう家族が成り立たない。子どもには拒否権がない。実際には福祉に繋がるという選択肢が最終的にあったとしても、子どもの目からは見えないっていうような状態。

竹村　小説の中にもあるように、中学生だったら勉強を諦めてしまったり、したいクラブ活動を諦めたり、自分がやりたいことを諦めざるを得ない状態にあることが、ヤングケアラーの定義というより、一つの現実なのかなとは思います。

ヨンチャン　難しいなと思うのは自らをヤングケアラーだと認識していないケースも多いということです。たとえば兄弟が多くて、それぞれ家事を負担したり、厳しい時期を一緒に乗り越える場合もあるんですよね。

「リエゾン」を描くための取材で聞いた話を思い返すと、発達障害を持った人でも、自分の日常生活に何も支障がなければ、病院にかかることもないし、ケアを受ける必要もないんですよね。

竹村　家族をケアして家事を手伝うことは負の側面ばかりではないですしね。

ヨンチャン　ただ、一人では抱えることができないぐらい重い負担を背負って、制度的に助けを受けることができるにもかかわらず、自分の人生を生きることができない、自由になれないっていう人には、しっかりと支援が届くように体制を整えた方がいいのではないかと思いますね。

そういう人たちが「ヤングケアラー」として助けが必要な人たちだと思います。

竹村　ヤングケアラーの支援については、市の担当者だったりソーシャルワーカーさんに相談することになると思うんですけれど、「ヤングケアラー」っていう括りでの窓口があればいいのかなと思ったことがあります。市役所に相談っていっても何課に行けばいいのかわからないし、誰に相談していいのかわからない。自分がヤングケアラーかも、と自覚した後一歩進んだ先に、「ヤングケアラー」の言葉で繋がるような施設なり部署があって、そこに相談できるような窓口が増えればいいと思います。

ヨンチャン　そうですね。今はまだ介護支援システムが自己申請になっていて、当事者が声をあげないと、しっかり支援が届かない。周りの理解がなかったりとか、ただ

学校をサボってるように見えたりすることがある。ヤングケアラーっていう認識が社会に広がることが、僕は一番大事なことだと思います。しっかり当事者に支援と情報が行き渡って、社会や周りの関心が高まって、ヤングケアラーに意識を向けることが、何より大事なことではないでしょうか。

竹村　ヤングケアラーという言葉を知る前のことですが、近所のスーパーで学生服を着た中学生ぐらいの子どもが深夜に一人で買い物をしていて、半額になった惣菜を、かごに詰め込んでいくっていう光景を時々目にしていました。一人で食べる量ではないので、おそらく家族全員の分を、半額になった後に買っていたんだと思います。今振り返ると、あのときとヤングケアラーという言葉を知った今とでは、受けとる印象が全然違っています。

ヨンチャン　それ、すごくわかります！

竹村　知る前だと「中学生なのに買い物してえらいな」ぐらいにしか思えなかったのが、「どこまで負担があるのだろう」に変わっていました。当時、「ヤングケアラー」

という言葉を知っていたら、声のかけ方だったり、心配の仕方も違っていたと思うので、認識が広がっていくことに意味があると思っています。

ヨンチャン そうですね。僕は漫画のエピソードを描くなかで「ヤングケアラー」という言葉を知りましたが、「with you」には「ヤングケアラー」だけに限らず「老々介護」とか、周りの家族をケアする人たちの苦労が描かれていると思います。

僕は今、児童精神科を舞台にした漫画を描いていますが、読者の目線から考えると、医療漫画って、自分が当事者じゃなかったらテーマに関心を持ちにくいと思うんですよね。でも、「リエゾン」はそういう、問題を抱えた周り、家族——ケアする側に焦点を当てた作品なので、自分が当事者じゃなくても自分の家族とか自分の子どもとか、友達、大切な人が当事者である可能性がある。

竹村 これまではケアが必要な人たちをテーマにした作品が多かったと思います。

ヨンチャン そうなんです。でも、その陰でケアしている人たちの苦悩や手間をおろそかにしてはいけないんじゃないかなっていう思いがあって、「リエゾン」ではケア

している人たちをテーマに描いているんですよね。

そうした経緯があって「ヤングケアラー」のエピソードを書きました。

「ヤングケアラー」という言葉を聞くたびに思うのは、昔の「お金がなくてご飯が食べられない問題」とかみたいに、「ヤングケアラー」っていう言葉もいずれ死語になってほしいなっていう、そういった思いですね。

「リエゾン─こどものこころ診療所─」モーニング公式サイト

https://morning.kodansha.co.jp/c/liaison.html

この作品は二〇二〇年十一月にくもん出版より単行本として刊行されたものです。

|著者|濱野京子　熊本県生まれ、東京都育ち。2006年『天下無敵のお嬢さま！（1）けやき御殿のメリーさん』（童心社）でデビュー。『フュージョン』（講談社）で第2回JBBY賞、『トーキョー・クロスロード』（ポプラ社）で第25回坪田譲治文学賞受賞。近著に『野原できみとピクニック』（偕成社）『葉っぱにのって』（金の星社）『わたしたちの物語のつづき』（あかね書房）『マスクと黒板』（講談社）などがある。

<small>ウィズ　ユー</small>
with you

<small>はま の きょう こ</small>
濱野京子
© Kyoko Hamano 2022

2022年7月15日第1刷発行

講談社文庫
定価はカバーに
表示してあります

発行者──鈴木章一
発行所──株式会社　講談社
東京都文京区音羽2-12-21　〒112-8001

KODANSHA

電話　出版（03）5395-3510
　　　販売（03）5395-5817
　　　業務（03）5395-3615
Printed in Japan

デザイン──菊地信義
本文データ制作──講談社デジタル製作
印刷──────大日本印刷株式会社
製本──────大日本印刷株式会社

ISBN978-4-06-528088-1

講談社文庫刊行の辞

二十一世紀の到来を目睫に望みながら、われわれはいま、人類史上かつて例を見ない巨大な転換期をむかえようとしている。

世界も、日本も、激動の予兆に対する期待とおののきを内に蔵して、未知の時代に歩み入ろうとしている。このときにあたり、創業の人野間清治の「ナショナル・エデュケイター」への志を現代に甦らせようと意図して、われわれはここに古今の文芸作品はいうまでもなく、ひろく人文・社会・自然の諸科学から東西の名著を網羅する、新しい綜合文庫の発刊を決意した。

激動の転換期はまた断絶の時代である。われわれは戦後二十五年間の出版文化のありかたへの深い反省をこめて、この断絶の時代にあえて人間的な持続を求めようとする。いたずらに浮薄な商業主義のあだ花を追い求めることなく、長期にわたって良書に生命をあたえようとつとめると

ころにしか、今後の出版文化の真の繁栄はあり得ないと信じるからである。

同時にわれわれはこの綜合文庫の刊行を通じて、人文・社会・自然の諸科学が、結局人間の学にほかならないことを立証しようと願っている。かつて知識とは、「汝自身を知る」ことにつきていた。現代社会の瑣末な情報の氾濫のなかから、力強い知識の源泉を掘り起し、技術文明のただなかに、生きた人間の姿を復活させること。それこそわれわれの切なる希求である。

われわれは権威に盲従せず、俗流に媚びることなく、渾然一体となって日本の「草の根」をかたちづくる若く新しい世代の人々に、心をこめてこの新しい綜合文庫をおくり届けたい。それは知識の泉であるとともに感受性のふるさとであり、もっとも有機的に組織され、社会に開かれた万人のための大学をめざしている。大方の支援と協力を衷心より切望してやまない。

一九七一年七月

野間省一

東野圭吾　希望の糸

「あたしは誰かの代わりに生まれてきたんじゃない」加賀恭一郎シリーズ待望の最新作！《文庫書下ろし》

上田秀人　戦　端　〈武商繚乱記(一)〉

豪商の富が武士の矜持を崩しかねない事態に。瞠目の新機軸シリーズ開幕！《文庫書下ろし》

桃戸ハル 編著　5分後に意外な結末　〈ベスト・セレクション　心弾ける橙の巻〉

シリーズ累計430万部突破！電車で、学校で、たった5分で楽しめるショート・ショート傑作集！

望月麻衣　京都船岡山アストロロジー2　〈星と創作のアンサンブル〉

作家デビューを果たした桜子に試練が。星読みがあなたの恋と夢を応援。《文庫書下ろし》

大山淳子　猫弁と鉄の女

今回の事件の鍵は犬と埋蔵金と杉！？　明日も頑張る元気をくれる大人気シリーズ最新刊！

西村京太郎　びわ湖環状線に死す

青年の善意が殺人の連鎖を引き起こす。十津川警部は闇に隠れた容疑者を追い詰める！

乃南アサ　チーム・オベリベリ(上)(下)

明治期、帯広開拓に身を投じた若者たちを描く、著者初めての長編リアル・フィクション。

濱野京子　with you ウィズユー

夜の公園で出会ったちょっと気になる少女。彼女は母の介護を担うヤングケアラーだった。

木下昌輝　つわもの

信長、謙信、秀吉、光秀、家康、清正、昌幸と幸村。桶狭間から大坂の陣、日ノ本一の〝兵〟は誰か？

講談社タイガ ❖

水木しげる	総員玉砕せよ！〈新装完全版〉	太平洋戦争従軍の著者が実体験を元に描いた戦記漫画。没後発見の構想ノートの一部を収録。
藤井邦夫	野暮天〈大江戸閻魔帳七〉	腕は立っても色恋は苦手な麟太郎が、男女の事件に首を突っ込むだが!?〈文庫書下ろし〉
伊兼源太郎	金庫番の娘〈政官財腐蝕の構造〉	商社を辞めて政治の世界に飛び込んだ花織が永田町で大奮闘！ 傑作〈政治×お仕事〉エンタメ！
ごとうしのぶ	いばらの冠 プラス・セッション・ラヴァーズ	シリーズ累計500万部突破！〈タクミくんシリーズ〉につながる祠堂吹奏楽LOVE。
矢野隆	川中島の戦い〈戦百景〉	武田信玄と上杉謙信の有名な戦いの流れがアルタイムでわかり、真の勝者が明かされる！
福澤徹三	忌み地惨〈怪談社奇聞録〉	実話ほど恐ろしいものはない。誰しもの日常とともにある実録怪談集。〈文庫書下ろし〉
糸柳寿昭		
乗代雄介	本物の読書家〈文庫スペシャル〉	いま届けたい。俺たちの五・七・五・七・七！「歌舞伎町の光源氏」が紡ぐ感動の短歌集。
マイクル・コナリー 古沢嘉通 訳	潔白の法則（上）（下）〈リンカーン弁護士〉	大叔父には川端康成からの手紙を持っているという噂があった――。乗代雄介の挑戦作。
卆坂暁	世界の愛し方を教えて	ネットフリックス・シリーズ「リンカーン弁護士」原案。ミッキー・ハラーに殺人容疑が。
		媚びて愛されなきゃ生きていけないこの世界が、大嫌いだ。世界を好きになるボーイミーツガール。

講談社文芸文庫

伊藤比呂美

とげ抜き　新巣鴨地蔵縁起

この苦が、あの苦が、すべて抜けていきますように。詩であり語り物であり、すべての苦労する女たちへの道しるべでもある。【萩原朔太郎賞・紫式部賞W受賞作】

解説＝栩木伸明　年譜＝著者

いAC1

978-4-06-528294-6

藤澤清造　西村賢太 編

根津権現前より
藤澤清造随筆集

「歿後弟子」は、師の人生をなぞるかのようなその死の直前まで諸雑誌にあたり、編集・配列に意を用いていた。時空を超えた「魂の感応」の産物こそが本書である。

解説＝六角精児　年譜＝西村賢太

ふN2

978-4-06-528090-4